簡単に聖女に魅了されるような男は、捨てて差し上げます。２
～植物魔法でスローライフを満喫する～

✦メルティアナ✦
貴族としての矜持を持ちながらも
優しい、ミズーリ伯爵家の令嬢。
魔力が多く、幼い頃からの
訓練のおかげで魔法の扱いが上手。
王立学園での出来事を機に、
領地の森でスローライフを始める。
✦リコリス✦
リス型の魔道具。
調合の手伝いだけでなく、
護衛も出来る。
✦フェルナンド✦
メルティアナの兄。
妹には限りなく優しいが、
それ以外の人間には厳しめ。
登場人物紹介
character

✦トーリ✦
メルティアナの護衛。
時にはアドバイスをくれる
頼りになる存在。
✦アラン✦
公爵家の次男。
優秀な魔道具師でもあり、
リコリスや様々な魔道具を
作ってくれる。
✦レン✦
「影」と呼ばれる
ミズーリ伯爵家の諜報員。
以前からメルティアナを
密かに護衛してきた。
✦ルディ✦
街のコーヒーショップの
店主の息子。
剣術の心得があり、
メルティアナを
暴漢から助けてくれる。

第一章　新たな出会い

緑豊かなルラーネ国の南に位置する、ミズーリ領。その領地の一角にある森の中で、私が生活を始めてそろそろ三月《みつき》が経とうとしていた。これまで、メルティアナ・ミズーリ伯爵令嬢として過ごしてきた私に、一人で生活が出来るのか不安がなかったと言えば嘘になる。けれど、それ以上に期待に満ち溢れていた。

「リコリス、今日もお手伝いをお願い出来るかしら？」

私の問いに、任せてと言わんばかりに胸を張ったリコリスは元気よく頷いた。浄化魔法を掛けて綺麗にしてあげると、次々と皮むき機にオレンジを入れていく。

リコリスは、私が一人で寂しくないようにと、フェルナンドお兄様が友人に依頼して作ってくれたリス型の魔道具だ。

今日も一緒に朝から作業場に向かい、薬の調合をしている。魔力が乱れないように慎重かつ丁寧に流し込みながら調合すると、品質の高い薬を作ることが出来る。この品質の高さが、私の薬師《くすし》としての誇りだ。

植物魔法を使えることが薬の品質を上げる一因になっているため、この能力には本当に感謝している。それに、薬の品質を上げるだけでなく植物の成長促進、成分の解析や分解、抽出も出来るため、品種改良にも適していた。森で生活するにあたってこんなに便利な魔法はない。

この三ヶ月間は、とても充実した日々だった。

薬師《くすし》の仕事をこなす中、リコリスや森の畑で出会った子ウサギ三匹、そしてリス達と一緒に朝の散歩。そして、コーヒーショップの看板娘であるモカさんというお友達も出来、毎日が楽しい。

王立学園に在学中は、友達を作ることが出来なかったから、モカさんと友達になれた時は涙が零れそうなほど嬉しかった。初めてのお出掛けの前は気持ちが昂《たかぶ》って、何度もリコリスに話しかけていたのを覚えている。この時、モカさんが選んでくれた私のエメラルド色の瞳と同じ色のリボン。今日も、これで腰まで伸びた長いプラチナブロンドの髪を後ろで結っている。

そんなことを思い返しながら、私は植物魔法で薬草から苦み成分を取り除くと、ゆっくりと魔力を注ぎ込み調合する。この繊細な魔力操作が薬の品質を上げてくれるのだ。学園から帰って植物魔法の練習をしていた日々が懐かしい。

「……みんなは今頃どうしているのかしらね」

二年間の学園生活では、婚約者を失い、幼馴染《おさななじみ》の護衛騎士も失ってしまった。第二王子であるアルフォンス様の婚約者になりたいユトグル公爵令嬢や、他の令嬢達からも敵視されてしまい、友達を作ることも出来ず……心身共に疲弊していた。

そして、卒業パーティーの日、親しくしてくれていたアルフォンス様が聖女様と抱き合う姿を見て……私の周りには誰もいなくなったと思った。落ち込んだ私は、しばらく一人でいたい、そうすれば傷付くことも心を乱されることもなく、静かに過ごせるのではないかと考え、森でのスローライフを選んだのだ。

しかし、私の新しい護衛騎士であるトーリから彼らの現状を聞いた時、どうして話し合うことをせず逃げてしまったのかと後悔した。あの時の私は、あれで良かったのだと思っていた。何も知らなかったから……ううん、そんなの言い訳ね。結局、私は彼らに何も聞かず、歩み寄る努力をしなかった。自分が傷付かないようにと切り捨てて、きちんとした人間関係を築くことが出来なかった。

それが今は、たった数ヶ月でお友達が出来て、薬師《くすし》としての仕事も順調に進んでいる。ここは私にとって何物にも代えがたい大切な場所になったのだ。

この場所を失うことのないように、人に誠実に、素直に気持ちを伝えられるようになりたい。そんな風に私を変えてくれたトーリやモカさん、私を支えてくれるみんなには本当に感謝している。

気付くと仕事の手が止まっていた私を、リコリスが不思議そうに首を傾げながら見上げていた。

「ふふっ。仕事中に考え事なんてしていたら駄目よね。集中しなくちゃ」

そう言うと、リコリスはコクリと頷き、オレンジを皮むき器に入れて作業を再開した。私もリコリスを見習ってちゃんとお仕事しなくちゃね。

今日は喉飴作りが終わったら何をしよう。お花の品種改良はどうかしら。色鮮やかなお花が人気だけれど、白いお花も注目されているのよね。ただ、綺麗に咲く白いお花の品種は少なく、飾っても見栄えがしない。だから、たまに飾られる程度になってしまっている。

以前読んだ植物図鑑に、お花が色鮮やかなのは昆虫を引き寄せるためであることが多いと書いてあった。そのせいで白い花が少ないのかもしれない。

栽培なら人工授粉出来るから昆虫の力を借りる必要がないので、白でも問題ないわよね。問題はどうやって白色にするかだけれど……

また考え込んでいると、リコリスが私の肩にトンッと乗り、頬にてしっと手を当てた。

「あ、また手が止まっていたわね。お仕事中だからちゃんと集中しなくちゃって思っていたのに、ごめんなさい」

リコリスはやれやれと言わんばかりに首を横に振りながら、机の上に降りる。そんなリコリスに、ありがとうの気持ちで剥《む》いたオレンジを口元に持っていく。すると、条件反射のようにぱくりと食いついた。可愛いリコリスの頭を指で撫でながら、一つまた一つとあげ、一個分のオレンジを食べ終わったところで、喉飴作りを再開する。

予定時間通りに作業を終え、外の空気でも吸おうと作業部屋の扉を開けると、リス達が小屋の前に集合していた。一体何があったのかしら……。リコリスも気になったのか、私の肩から飛び下り小屋へと向かった。

リス達はリコリスに気付き、一緒に小屋の中へ入っていく。私も様子を見てみようと、掃除する時に入れるよう取り付けてもらった扉を潜《くぐ》ると、みんなが一つの丸太の前に集まっていた。一体何を見て……

「まぁ、可愛いお客様ね。昨夜入り込んでしまったのかしら」

くり抜かれた丸太の中で、森の妖精と言われるモモンガが体を丸めて眠っていた。もしかしたら、餌《えさ》を求めてここに来て、そのまま寝てしまったのかもしれない。リス達はまだ冬眠する時期ではないし、小屋も十分広さがあるから、この子が増えても問題はなさそうね。

人の気配を感じたのか、モモンガが目を開ける。そして、何？　と言うように目をきょろきょろさせた。大きな目が可愛い……夜になったら飛んでいる姿を見せてくれるかしら。

「こんにちは、小さなお客様。住処《すみか》を探してここに来たのかしら？」

私の言葉に首を傾げたモモンガにリコリスが近付き、話しかける。リコリスは動物と会話出来るのだ。

「リコリス、この子はここに住みたいと言っているかしら？」

私の問いにリコリスはこくりと頷いた。新しい仲間が増えたわね。餌《えさ》は何を食べるのかしら。木の実ならたくさんあるけれど……

「何を食べるか知っている？　リス達と同じものだったら良いのだけれど」

するとリコリスは小屋の外にあるどんぐりの木を指さし、コクリと頷いた。それならこの子も餌《えさ》に困らずに済むわね。

「それじゃ、みんな外に出ましょうか。まだ眠いみたいだわ」

私とリコリスが先に小屋を出ると、残っていたリス達も外へと駆け出し、木から木へと飛び移る遊びを始めた。

「リコリスも遊んでいらっしゃい。私はこれからどんな花を改良するか、お茶でもしながら考えるわ」

リコリスはてしっと私の頬に触れると、リス達のもとへ駆けて行った。

「今日はどれを飲もうかしら」

ずらりと並べられた紅茶缶をしばらく眺めた後、私は癖のないさっぱりした味わいのものを選んだ。そして、パントリーから取ってきたオレンジを紅茶に入れ、最後にミントを添えてオレンジティーにする。

「見た目も綺麗で気分が上がるわね。オレンジの甘い香りが本当に良いわ」

私はソファーに座り紅茶を一口飲み、植物図鑑を捲《めく》っていく。どの花を白く改良しようかしら……主役になれるような大輪の花がいいかしらね。

「あっ、これ……モカさんと遊びに行った時に食べたケーキのバラだわ」

モカさんお気に入りのカフェは、大輪のバラが咲いているようなケーキを提供していた。真っ赤なバラで、とても豪華な雰囲気だったのを覚えている。この図鑑のバラは赤色とピンク色しかないけれど、白くしても素敵なんじゃないかしら。

まずは、切り花を植物魔法で色素を抜いてみよう。他にも色んな種類の花を購入して、それぞれ色素を抜いてどれが素敵か選ぶのも良いかもしれないわね。

あのバラは高価で街では売っていないそうなので、トーリに伯爵邸で利用している花屋へ依頼してもらいましょう。

本当はそういう手配も自分でしたいのだけど……伯爵令嬢が直接店と取り引きするのは印象が良くないらしい。お兄様達に迷惑を掛けたくないから、そういったことはいつもトーリにお願いしている。

「とりあえず、五種類くらいリストアップしておけば良いかしら。これと、あとこれも……うーん、これもいいわね」

後でリストをトーリに渡すことにし、そろそろお昼の準備をしましょう。この前アップルパイを作った時に生地を多めに用意したので、それを使ってシチューのパイ包みを作ることにした。ホワイトシチューは私でも簡単に作れる料理なので気に入っている。

「ふふっ、ナイフの使い方も慣れたものね」

伯爵令嬢として過ごしてきた私には一人で生活する能力がなかったため、半月のスローライフ準備期間中にメイド達や料理人達に色んなことを教わった。ジャガイモの皮剥《む》きでは何度も指を切ってしまって、みんなを心配させたっけ。私が指を切った瞬間の彼らの青ざめた顔はすさまじかった。すぐに治癒魔法を使って治したから、最後の方なんて血が出るよりも早く治癒魔法を掛けていたのよね。数ヶ月前のことなのに、懐かしく感じるわ。

パンは街で買って来たものがあるから、それで大丈夫だけど……パンとシチューだけでは物足りないわね。サラダと果物も添えればいいかしら。

オーブンでパイ包みを焼いている間に、先ほど考えていた白いお花をどう改良しようか考える。切り花から色素を抜いて白くはするけれど、それだと毎回植物魔法を使うしかない。種から育てても白くなるように改良しないといけないわね。

無色に近い成分以外は色が付かないように改良すれば大丈夫かしら。

「あの大輪のバラはモカさんが好きだったから、白いものをプレゼントしたいわ。あっ、それなら、そのお花を飾って我が家でお茶会なんてするのもいいわね」

せっかくだから、お茶会用に可愛いガゼボを建てても良さそうだ。一人でお茶を飲む時の気分転換にもなるかもしれない。家のすぐ側ではなくて、少し離れた木々に囲まれたところに作って特別な空間にしてみよう。

家からガゼボまでの道はレンガを敷いて、両側には小花をたくさん植えて……素敵！　ガゼボの建築はリス達の小屋を作ってくれた業者さんにお願いするとして、植物やお花を植えたりレンガの道を作ったりするのは私がやってみたいわ。

オーブンが鳴り、テーブルにパイ包みを並べるも、頭の中はもうガゼボ一色で、早く取り掛かりたくてささっと食べ終えてしまった。

私は外に出て、リコリスを呼んでお兄様に通信を繋《つな》いでもらう。徐々にリコリスの瞳の色が赤く染まっていき、お兄様の声が聞こえてきた。通信が出来るだけでなく、小さな体で敵に向かっていってくれるリコリスは、可愛くて優秀な子だ。初めて熊に襲われた時はひやりとしたが、まさかリコリスに毒が備わっているとは思わず、とても驚いたことを覚えている。

「お兄様、今よろしいですか？」

『あぁ、お茶を飲んでいただけだから大丈夫だよ。どうかしたかな？』

顔は見えないけれど、私と同じエメラルドの瞳にプラチナブロンドの、知的で優しい笑顔を思い出す。その麗《うるわ》しい顔立ちに加えて次期伯爵という立場もあり、令嬢達からの求婚が殺到していると聞いているが、今はお父様から仕事を教えてもらうことを優先しているらしく、まだ誰とも婚約していない。

「ガゼボとレンガの道を作りたいので、家を建ててくれた方達にまた依頼したいのです」

『分かった。こちらで手配しておくよ。デザインは決まっているのかな？』

「頭の中でイメージは出来ているので、紙に描き出すだけですわ」

『それじゃ、描き終えたらこちらに送ってほしい。依頼する時に彼らに渡しておくよ』

「ありがとうございます！」

お兄様と通信を終えると、すぐに万年筆を手に取り、ガゼボのイメージ画を描く。形は六角形で、屋根は深い赤、柱は白、梁《はり》の部分には植物を彫刻してもらって……。あれもこれもと追加していたら、気付けば絵以外の余白はイメージを伝える文字で埋め尽くされていた。

彫刻を入れると、金額も時間も掛かりそうだから、モカさんをお招きするのは少し後になりそうね。

お金に関しては……伯爵家のお小遣いから出そう。ここでの生活では出来るだけ自分の力でと思っていたけれど、さすがに今の収入だけでガゼボを建てるのは難しいため、今回だけは特別だ。

「さてと、まずはガゼボを建てる場所を決めて、木を移動させなければいけないわね」

私が立ち上がると、それに合わせてリコリスが肩にトンッと飛び乗った。小さくて可愛い護衛をひと撫でし、外に出る。

森に囲まれて周囲の建物が見えない場所にしたいから……うーん、五十メートルくらい離れていれば良いかしらね。

そんなことを考えつつ、私は森へ向かいながら植物魔法を展開する。ガゼボへのアプローチを作るため、木や草花達に道をあけてもらうのだ。

「さぁ、左右に道をあけて」

そう私がお願いをすると、光を帯びた木々がみしみしと音を立てながら左右に移動し、目の前に道が出来ていく。木の根ででこぼこした部分は今は歩きにくいけれど、レンガを埋める時に綺麗に整地しましょう。とりあえず、先まで進んで場所を決めなければ。

「まっすぐの道だと、アプローチから家が見えてしまうから……途中で道を曲げれば、木が目隠しになっていいかもしれないわね」

ここでカーブして右側に行ってみよう。そこから少し歩くと、なんと湖を見つけた。いつも散歩をしている方向とは違うので、湖があるなんてこれまで気付かなかった。ここにガゼボを建てることに決めましょう。

ガゼボの半分が湖にせり出しているというのはどうかしら。湖の上でお茶をしているような感じがして良い気がするわ。

ガゼボを建てる位置を決めた私は、その周囲にマジックバッグから取り出した種を落とした。そして、水を撒《ま》いて植物魔法を展開すると、辺り一面に小さくて可愛い花が咲く。その美しさに目を奪われていると、ぴちゃんと魚が跳ねる音が聞こえた。

湖の中を覗《のぞ》き込んでみると、元気に泳ぎ回っている魚達がいて、思わず連れて帰りたいと思ってしまった。

「駄目駄目。連れて帰っても育てる場所がないわ。ここに来た時の楽しみにしましょう」

ガゼボを建てる場所を確保出来たので、今日は家に帰ってゆっくり刺繍《ししゅう》でもして過ごそう。


三日後には、リストアップした花が届いた。真っ赤なバラを手に取り見つめていると、ふと誰かに似ている気がした。この豪華な雰囲気は……そうだ、ユトグル公爵令嬢だ。学園時代の同級生で、大きく巻いた綺麗なブロンドを手で払いながら話す姿が脳裏に浮かぶ。少し困った人ではあったけれど、貴族らしい美しい令嬢だった。いつも自信に満ち溢れていて……そこは少し羨ましかったわね。

彼女が今、目の前にいたら、「こんなに素敵なのに白くするなんて、あなた頭がおかしいのではなくて?」と言いそうだわ。脳内で想像した彼女の再現度が高く、思わず笑いが零れた。今頃彼女は何をしているのかしらね。

「さてと、早く作業に取り掛かりましょう」

花を花瓶に入れ、作業机の上に一列に並べると、植物魔法を展開した。花達がキラキラと光り出し、花瓶から浮かび上がる。さらに『解析』を使い、不要な色素成分を『抽出』する。すると、色が消え去り、光が収束すると同時に花は花瓶の中へ落ちた。

花は五種類用意したけれど、やっぱり白バラが一番素敵ね。真っ赤なバラは華やかで自信に満ち溢れているユトグル公爵令嬢にとても似合っていると思ったけれど、白くなったバラはそうではなかった。色が変わるだけでイメージがこんなに違うなんて、驚きだ。

「清らかという言葉がぴったりの花だわ。それでいてバラの華やかさも兼ね揃えていて、最高ね。種の品種改良はやっぱりこのバラにしましょう」

その後は、花と一緒に取り寄せた種を『解析』し、色素の情報を取り除くことで、成長過程で色素が溜まらないように『調整』した。

「さあ、ちゃんと白いバラが咲くか確認しなくちゃね」

外に出て土に種を蒔くと、水を与えて植物魔法を展開した。バラは見る見るうちに成長し、蕾《つぼみ》をつけていく。そうして咲いた花の色は、白だった。

「良かった、成功ね！　本当に植物魔法はすごくて、失敗する気がしないわね」

モカさんとお茶会をするまでに、種を量産しておこう。初めてお披露目するのはモカさんにと思っているので、お兄様にもまだ内緒だ。今からお茶会が待ち遠しいわ。


それから二月《ふたつき》ほど経ち、ガゼボとアプローチが完成した。やはり、彫刻で時間を取られてしまったが、それだけ待った甲斐あって希望通りの仕上がりになっていた。

屋根も落ち着いた色合いの赤で、いつもながら私のイメージをしっかりと再現してくれる業者の方には感謝しかない。

私はさっそくガゼボに結界を張り、中に入った。湖側に座ると、透き通った水面から魚達が泳いでいるのが見える。少し手を伸ばせば水に触れるのも気持ちがいい。

「夏場は、ここに来るだけで涼しくなりそうね」

そう呟《つぶや》くと、突然リコリスが湖に飛び込んだ。

「えっ⁉　リコリス⁉」

慌てて湖の中を覗《のぞ》き込むと、なんとリコリスは魚と一緒に泳いでいた……。リコリス、あなた防水仕様だったのね。本当に驚かされてばかりだ。ホッとした私は、リコリスが遊んでいる間にテーブルセッティングをすることにした。

明日はモカさんとここでお茶会をするから、今から準備をしておくのだ。白いテーブルの上には、薄いピンク色のレースのテーブルクロスを掛け、品種改良した白バラを飾った。白バラのブーケも作ったので、これはモカさんに持ち帰ってもらう予定だ。

モカさんにプレゼントした後は、お兄様にも贈って邸《やしき》に飾ってもらいましょう。お兄様が気に入って商品になると判断したら、このバラも領地の特産品として売りに出せるかもしれない。

準備が整い、そろそろ帰ろうかとリコリスを呼ぶと、すごい勢いで水から飛び出てきた。しかも……前脚には魚を一匹掴《つか》んでいた。

「リコリス……その魚はどうするのかしら？」

私が尋ねると、リコリスはお土産だと言わんばかりに、ぴちぴちと跳ねる魚を私の方に差し出した。

「えっと、そうね、気持ちは嬉しいけれど、お魚さんは湖に帰してあげましょう？」

リコリスは、どうして？　と言うように首を傾げたが、素直に魚をぽいっと湖に戻してくれた。

観賞用としてなのか食用としてなのか分からなかったけれど、どちらにしても可哀想だわ。

体を震わせて水を飛ばし、ぼさぼさになったリコリスに浄化魔法を掛け、手で綺麗に毛並みを整えた後、帰路についた。


翌日、トーリに先導され、モカさんが馬に乗ってやって来た。トーリは体が大きく鍛えているが、顔立ちが優しいため人に威圧感を与えない。それに茶色の短髪で黒に近い瞳という落ち着いた色合いなので、街で周囲の目を引き過ぎることがないと思い、モカさんのお迎えをお願いしたのだ。

それにしても、モカさんはトーリの後ろに相乗りしてくると思っていたから驚いた。

「メルちゃん、ご招待ありがとう」

「いらっしゃいませ。遠いところ、ありがとうございます」

森の中だからだろう、モカさんはヒールのある靴ではなく、ブーツを履いていた。スカートは足首が隠れるくらいの長さのため、馬に乗ってもスカートが捲《めく》れずに済んだのかもしれない。白のシャツにネイビーのスカートが爽《さわ》やかで、モカさんにとても似合っていた。

「実はモカさんにプレゼントを用意しているんです。これなのだけれど……」

そう言って一つの種を手渡した。私が改良した、まだ誰も見たことがない品種だ。

「えっと、種？」

これがプレゼントなの？　と不思議そうに首を傾げたモカさんに、驚いてくれるといいなと思いながら、それを家の前の地面に投げるように言った。

「これでいいの？」

「はい、それでは見ていてくださいね」

土の上に落ちた種に水を掛け、私は植物魔法を展開する。芽が生え、一気に育っていくと蕾《つぼみ》をつけた。蕾《つぼみ》の状態で一度成長を止め、モカさんを振り返ると、彼女は目を見開き固まっていた。

「えっ⁉　何が起こっているの⁉　メルちゃんがやっているんだよね？」

「ふふっ、驚いてもらえて良かったです。植物魔法が使えるので、こうやって成長を早めることが出来るんです。でも、本当に見ていただきたいのはここからなんです」

私が再度成長を促進させると、やがて蕾《つぼみ》から大輪の白バラが顔を出した。

「すごく綺麗……あれ、でもこれって、あのお店のバラに似てるね？」

「気のせいじゃないですよ。一緒に行ったお店のバラです。あの品種では白がなかったので、今回改良してみたんです。いかがですか？」

そう言いながらウォーターカッターで白バラを切り、モカさんに差し出した。そっと白バラを受け取ったモカさんは、まじまじとそれを見つめる。

「……なんて言っていいか。すご過ぎて……こんな素敵なプレゼントもらったのは初めてだよ！　メルちゃん、ありがとう。出来るだけ長く咲くように頑張ってお世話するね」

「喜んでもらえて嬉しいです。今のはモカさんを驚かせたくてしたのですが、本当のプレゼントはこちらなんです」

私は用意していた白バラのブーケを取り出した。プレゼント用に綺麗にラッピングしたものだ。

「えー!?　もう本当に驚かされてばっかりなんだけど!!　いいの？　嬉しい……これもすごく綺麗……私がもらっちゃっていいの？」

「モカさんに喜んでほしくて改良したので、受け取っていただけると嬉しいです」

「メルちゃん……ありがとう」

ブーケを抱き締め、花に顔をうずめるようにしてお礼を言ったモカさんの声は少し震えていた。

これだけ喜んでくれるなんて、改良した甲斐があるわね。私はモカさんの背にそっと手を添えて、ガゼボへのアプローチの方へ促《うなが》す。

「こちらの道の先にガゼボがあるので、景色を眺めながら向かいましょう」

「ガゼボでお茶会なんて、お嬢様になった気分ね」

「今日はたくさんおもてなししますので、是非お嬢様気分を堪能してくださいね」

いつも仲良くしてくれるモカさんにお礼の意味も込めて招待をしたから、楽しんでもらえたら嬉しい。

野鳥の囀《さえず》りを聞きながら二人で道を進み、曲がった先にガゼボが見えてくる。

「まだ遠いからはっきりしないけど、ここから見ても素敵なのが分かるよ」

「近くで見るともっと素敵なんですよ」

「今日は一体何回驚かされることになるのか楽しみね」

そう言った後、モカさんの歩く速度が上がる。早くガゼボを見たい気持ちが伝わってきて、私も彼女に合わせて早足になった。

「うわぁ、何これ！　湖にガゼボって、避暑に来た貴族みたい……この柱とか梁《はり》とかすご過ぎない？　この彫刻も細かくて綺麗だね。もうすごいしか言えないんだけど！」

「ありがとうございます。さぁ、どうぞ座ってください。我が家で贔屓《ひいき》にしているお店のケーキやお菓子をたくさん用意したので、遠慮なく食べてくださいね」

貴族のお茶会のように、用意したお菓子も高級品だ。今日だけは特別なものにしたかったのと、月に一度、自分へのご褒美としてあのカフェに行っていたモカさんに、このお茶会もご褒美になればいいと思ったからだ。

モカさんは席に座ると、鞄を何度も触って気にしていた。鞄がどうかしたのかしら。

「モカさん、どうかしましたか？　何か不都合があれば、言ってくださいね」

「えっと、その……あのね、手ぶらでお邪魔するのもどうかと思って、用意してきたものがあるんだけど、ちょっとメルちゃんの方がすご過ぎて……」

「まぁ、私のために？　ありがとうございます。モカさんからいただけるなら何でも嬉しいです」

気まずそうにしていたモカさんだったが、私の言葉に笑顔を取り戻すと、鞄から容器を取り出した。

「メルちゃんはコーヒー飲めないでしょ？　いつもお店ではオレンジジュースだし。だから、店の物をお土産《みやげ》にするんじゃなくて、向かいのパン屋さんで焼き立てパンを買って来たの。保存容器で焼き立ての状態をキープしているから、いつでも美味《おい》しく食べられるんだよ」

向かいのパン屋さんって、最近出来たお店のことかしら。私がモカさんのお店に納品するようになった時にはなかったのよね。確か二ヶ月くらい前に開店していたはず。

「ありがとうございます。実は私も気になっていたお店なので、嬉しいです」

「良かった。朝食にでも食べてみて。しっとりしてるのに、ふんわりと軽くて、本当に美味《おい》しかったから」

「明日の朝食でさっそくいただきますね」

モカさんと話していると、ぽちゃんと湖に何かが入って行く音が聞こえた。ガゼボから二人で覗《のぞ》き込むと、リコリスが泳いでいた。水の中が好きなのかしら。

「メルちゃん、あの子、泳いでいるけど⁉」

驚きのあまりリコリスを指さしながら、モカさんは私とリコリスを何度も交互に見る。気持ちは分かるわ。私も初めてリコリスが泳いでいるのを見た時は、何かの間違いかと思ったもの。

「実は、リコリスはお兄様のお友達が作ってくれた魔道具なんです。防水仕様だったみたいで、私もいつも新しい機能を知る度に驚いています」

「へぇー……何か本当に色々すごいね」

「ふふっ、そうですね」

楽しい時間はあっという間に過ぎ、辺りがオレンジ色に染まっていく。そろそろお開きかしらね。何時間もお喋《しゃべ》りしていたというのに、まだ話していたいと思ってしまう。それだけ楽しかったということかしら。

「それじゃ、メルちゃん。今日はお招きありがとうございました。もー、絵本の中のお姫様になったみたいだったよ！　ガゼボもお菓子も全てが完璧だった！　あっ、でも次からはこんなに気合入れないでね？　さすがに毎回これだと気軽にお茶しにくくなっちゃうから、今日だけということで！」

「分かりました。次からは控えめにしますね。今日は初めてお友達を招いたから記念になるようなお茶会にしたくて、つい張り切っちゃいました」

「メルちゃんにとっても特別な日になったのなら、私も嬉しいよ。それじゃ、またね」

「えぇ、また次の納品の時に」

トーリに先導されて森を去っていくモカさんの後ろ姿を見つめながら、ここに来て初めて寂しいと感じた。楽しい時間の後は、その分だけ寂しさが募るのね。

「また……お茶会に招けばいいだけよね」

自分を慰めるようにそう呟《つぶや》いた時、モモンガが木と木の間を飛んでいるのが見えた。そうだ、私には新しい仲間とリコリス達がいるものね。

そう気を取り直して、私は肩に乗ったリコリスをひと撫でし、家に入った。


モカさんとのお茶会から数日後。

そういえば、ここに来てからまだ街と森の往復だけで、未だに苗の買い付けに行けていない。苺《いちご》の苗を買おうと思っていたけれど、あれもこれもと手を出していたらすっかり忘れていた。苺《いちご》の苗を植える時期を考えると、そろそろ買いに行きたいところ。

「あと二ヶ月もすれば涼しくなるし、ブルーベリーとマスカットの苗も買って植えようかしら」

果樹は、結界の外に植えた方が暑さや寒さで実が甘くなるはずだから、植えていたレモンとオレンジも結界の外に移動させた。植物魔法で果樹の成長は促《うなが》せるけれど、味を甘くすることは出来ない。そうなると改良が必要だけれど……さすがにそこまではしなくても良いかなと思っている。

ただ、品種改良されていない果樹なので、結界の外に植えて虫に食われてしまわないか心配なのだけど……

「お兄様に領民が育てているオレンジの苗を送ってもらって、味はそのままで虫が付きにくくなるように品種改良しようかしら」

我が領のオレンジはハリ艶《つや》が良く、甘みも強い。そのため、虫が付きにくくなるように改良するだけで十分なのだ。

ブルーベリーとマスカットも品種改良することは簡単だけど、それを我が領の特産品として売り出せば、これらを特産として売っている他の領地の収入が減ってしまう。それはあまり良いことではないので、虫よけの改良をして家の周りに植えるだけにしよう。

「さて、今日は苗の販売所に向かいましょう」

トーリを護衛に付け、馬車で苗の販売所へと向かう。そこは果樹ごとに売り場が分かれていて、全てを見て回るのは大変そうだった。

今回は目的の果樹が決まっていたため、入り口にいる案内係の方に聞き、スムーズに購入することが出来た。

帰りの馬車に乗り込み、しばらく走っていると、突然馬車が停止した。今まで感じたことのない馬車の揺れに驚き、倒れそうになる体を足で踏ん張ることで支える。何があったのかと窓を覗《のぞ》き込もうとしたところで、外から扉をノックされ、トーリが声を掛けてきた。

「メルティアナ様、そのまま声は出さずに。囲まれました」

……囲まれた？　強盗とかそういう類《たぐい》かしら？　どうしよう、トーリ一人で相手が出来るものなの？　防御魔法になら自信があるし、私の力も助けになるのではないかしら。

「トーリ、私も――」

「メルティアナ様、今すぐ馬車の周りに結界をお張りください」

「でも、あなた一人では」

「ご心配なく、護衛は私だけではありません。早く結界を」

「……分かったわ」

これ以上、彼の邪魔をするわけにもいかないので、すぐに馬車に結界を張る。私が結界を張ることで、トーリは私を気にせず戦えるはずだ。

それにしても、護衛ってトーリだけじゃなかったのね……。敵の数が分からないから心配だけど、他にも護衛がいるならきっと大丈夫よね。我が家の騎士が、強盗如《ごと》きに後れを取るわけがない。

そう思っていると、馬車の外から剣を合わせる音と罵声が響いた。どうかみんなが怪我をしませんようにと目を閉じ祈っていると、強盗と思われる男達の声が聞こえてきた。

「馬車に結界を張っているだと!?」

「いいか、必ず中の女を引きずり出せ！」

……狙いは私？　女としか言っていなかったけれど、それを知っているということは、私が乗っていると確信している？　それにしても、狙われるような覚えはないのだけれど……

肩に乗ったリコリスは、トーリから話しかけられた時点で扉の前に陣取っていた。その姿は姫を守る騎士のような凛々《りり》しさで、敵に扉を開けられたら飛び出すつもりなのだろうか。リコリスを見ていると、少し心を落ち着かせることが出来た。

さっきからずっとリコリスの目が赤くなっているが、お兄様の声は聞こえてこない。お兄様に繫《つな》いでいるわけではないなら、今何をしているのだろうか。

外の音に耳を澄ましても、どうなっているのか全く分からないが、声や足音などで人数は多そうだと感じた。思った以上に長引いている現実に、徐々に不安が募る。大丈夫なのだろうか。みんなは怪我をしていないだろうか。

私は、力の弱い水属性の治癒魔法しか使えない。そのため、大怪我をしていた場合はポーションを使って、何とか自力で回復してもらうしかないのだ。

ふと、聖女のアンナ嬢を思い出す。聖属性の治癒魔法が使える彼女がこの場にいれば、どんな状態であろうと回復させることが出来る。でも……いない人のことを考えたところで、どうしようもない。私は、彼らの無事を祈って待つことしか出来ないのだ。

鳴り止まぬ剣がぶつかる音の中、トーリが叫んだのが聞こえた。

「君！　下がって！」

君？　誰か来た？　まさか……通り掛かった人が巻き込まれた？　どうしよう。私に何か……でも、私が結界を解いて外に出れば、最悪の事態を招く。彼らの狙いは私なのだから。それに、護衛達も私に気を取られてしまう……。どうにか、無事に逃げてくれていますように。怪我をしていませんように。

私は目を閉じ、手をぎゅっと握り締めて神へと祈った。

「悪い、遅くなった」

そこへ、また初めて耳にする声が聞こえてくる。今度は誰だろう。遅くなったということは、私の護衛の一人が合流したのかしら。良かった……人が増えれば有利に戦えるはず。

事実、彼が来てから少しして外は静かになった。

結界を解き、馬車の扉を開けようとしたが、外から押さえられて開けることが出来ない。

「メルティアナ様、まだ外には出ないようお願いします」

「怪我人がいないか確認したいのだけど……」

「周辺に浄化魔法を掛けて綺麗にしますので、しばらくお待ちください。怪我もかすり傷程度ですので問題ありません」

浄化魔法……斬り合った血で汚れているということね。トーリは私が見るには凄惨な状態だと考えているのだろう。

「あの……トーリ、途中で誰か通り掛かったのかしら？」

「はい。危ないので下がってもらおうと思ったのですが、剣の腕に覚えがあるとのことで、そのまま加勢していただきました」

まぁ……巻き込んでしまったのに加勢までしてくれたなんて……何てお礼を言えばいいのか。普通の人だったら怪我では済まなかったかもしれない。

「その方にお怪我は？　それとお礼を言いたいので、引き留めてほしいわ」

「私もそう思いまして、その方にはお待ちいただいています」

「敵の人数が多く感じたけど……どれくらいいたか聞いても？」

「はい、二十人ほどおりましたでしょうか」

「二十人……多いわね。私の護衛は何人いたのかしら？」

私に付いている護衛はトーリだけだと思っていたから、本当は何人いたのか知らないのよね。

「護衛騎士が五人付いておりまして、通りすがりの青年が加勢してくれた後に、『影』が一名合流致しました」

「……『影』が？」

「街中では私達護衛騎士が、森の中では影である彼が護衛をしております。メルティアナ様が気兼ねなく過ごせるようにと、常に側に仕えているのは私ですが、それだけではメルティアナ様の身に何かあった場合、不安が残りますので」

そうだったのね。それにしても、数少ない影の一人を私に付けるなんて……。影というのは、ミズーリ伯爵家が雇っている諜報員だ。情報収集をメインにしているのだけど、その影が次期当主であるお兄様でもない私の護衛に付くなんて考えてもいなかった。ただ、そのおかげで今回の襲撃にも耐えられたのよね。

でも、森の中に潜《ひそ》んでいたなら、何故この短時間で駆け付けられたのだろう。

「森の中にいたのに、よくすぐに合流出来たわね」

「リコリスが彼に救難信号を送ってくれたからです」

扉の前にいるリコリスを見ると、瞳の色が元に戻っていた。あの時赤く光っていたのは、影の一人に信号を送っていたからなのね。

「メルティアナ様、片付きましたので、もう馬車から出ていただいて大丈夫です」

そう言うとトーリは扉を開けて、手を差し出す。その手を取り馬車から降りると、どこにも血痕は見当たらないし、死体も見当たらない。全てが片付けられた状態になっていた。

そこにいたのは我が家の騎士三人。トーリを入れて五人なら、四人いるはずでは？

「トーリ、護衛は全部で五人なのよね？　一人足りないのではないかしら？」

「あぁ、事後処理のために先に街に向かわせました。フェルナンド様にも報告しなければいけませんので」

「そうなのね。えっと、影とは面識がないから挨拶《あいさつ》をしたいのだけれど、問題ないかしら？」

「はい、問題ありません」

「それと、通りすがりの方は……」

「加勢いただいた青年は……ちょうど馬車の陰になっていて見えないですね、あちらにおりますよ」

そう言われて連れられた先にいたのは、お兄様より少し年が上だと思われる、背の高い爽《さわ》やかな雰囲気の男性だった。彼は私に気付くと柔らかく微笑み、亜麻色の髪を揺らす。

騎士のように逞《たくま》しい体躯《たいく》ではないけれど、白いシャツから伸びた腕は筋肉が程よく付いており、鍛えていることが想像出来た。しかし、見た感じが優しそうな印象なので、腰に剣を下げていなければ彼が戦ったと言われても信じられなかっただろう。

「この度は、助けていただきありがとうございました。私はメルティアナと申します。お怪我はないですか？」

「大丈夫ですよ。街へ行く途中にたまたま見かけてつい出しゃばってしまいましたが、お力になれたのなら何よりです。私はルディと申します。お嬢様に何もなくて良かった」

お嬢様……護衛がこれだけたくさんいれば、そう思われてしまうわよね。さすがに平民のふりは無理がある。

「ルディ殿、お礼をしたいので、後日ご自宅を訪ねても良いでしょうか？」

トーリがルディさんに尋ねる。

「ルディと呼んでいただいて構いませんよ。お礼……必要ないと言っても、引いてくださらないですよね」

「そうですね、お嬢様を助けていただいたお礼をしなければ、家の者も納得致しませんから」

ミズーリ伯爵家からお礼として何か品物を渡されるはず。彼の場合、何かを希望することはなさそうだから、謝礼金を渡すのかもしれない。

トーリが話をまとめてくれるみたいなので、私は大人しくそれを見守る。

「それでは……街の薬屋はご存じですか？」

「はい、よく伺いますので分かります」

ルディさんの問いに、トーリが頷く。私が薬を卸しているお店だものね。よく知っていて当然だわ。

「その近くに、コーヒーショップがあるのは？」

あら、そこもよく知っている場所だわ。私がパウンドケーキを卸しているところだし、何と言ってもモカさんのお店だもの。

「はい、そこにもよく行きますので」

「それは良かった。私の父がそのコーヒーショップの店主なんですよ。だから、店に来ていただければ私に会えますよ」

「えっ⁉」

驚きで思わず声が漏れてしまった。ジェロさんのご子息なの⁉　でも私、一度もあなたに会ったことないわよ⁉

「ジェロさんのご子息だったのですか？」

「父の名前をご存じなんですね。うちの常連さんですか？」

「常連というか……お嬢様の作ったお菓子を納品させていただいているのです。一度もお店であなたをお見かけしたことがありませんが」

そうなのよね。トーリの言う通り、ルディさんを一度も見たことがなかった。だから、トーリが少し疑いの眼差しでルディさんを見てしまうのも仕方ない。それに彼は私の護衛だから、周りを疑うのも仕事の一つだ。たとえ助けに入ってくれた相手だとしても……

「あぁ、兄が王都でお店を出すので、その手伝いでしばらく家を空けていたんですよ。ちょうど帰る途中で、あなた達が襲われているところに出くわしたということです」

ルディさんは、トーリの疑いの眼差しを気にした風もなく答えた。気を悪くしないか心配だったからホッとした。

「だから、次から納品にいらっしゃる時は私もお店にいますよ」

「分かりました。では、近いうちにお伺いしますので、よろしくお願いします」

「そんなに畏《かしこ》まらなくても良いですけど……分かりました。では、お店で待っています」

トーリとルディさんとの間で話がまとまり、私からも再度お礼を言う。

「本当に、危ないところをありがとうございました。モカさんのごきょうだいとは知らずに、危険なことに巻き込んでしまい申し訳ないです。モカさんとジェロさんにも、よろしくお伝えください。それと……私もよくお店に伺いますので、出来れば楽に話していただけると嬉しいです」

「モカと仲良くしてくれているんですね。ではお言葉に甘えて――私が勝手に首を突っ込んだので、そんなに気にしないでほしい。申し訳なさそうな顔よりも……そうだな、笑顔を見せてくれた方が助けに入った甲斐があるかな？」

笑顔……笑顔ね。それなら社交をするために習うから、貴族令嬢は得意にしている。

私はすぐにルディさんに微笑んだ。

「……とても綺麗に笑うんだね。次に会った時は、可愛い笑顔も見てみたいな」

「え……？」

笑顔に綺麗とか可愛いとかあるの？　それは習わなかったから、ちょっと分からないわ……

「あー、ごめんね？　変なこと言っちゃった。気にしないで。じゃ、そろそろ行くね。お嬢様も疲れたでしょ。もう帰ってゆっくり休んだ方がいい」

「はい、ありがとうございます。それと、私のことはメルとお呼びください。モカさんもそう呼んでいるので」

「分かった。では、メル。また会おう」

そう言うと、ルディさんは馬に跨《また》がり、颯爽《さっそう》と駆けていった。そんな彼の背を見送りながら、私はトーリに声を掛ける。

「ルディさん、ジェロさんのご子息だったのね」

「ラス、ルディ、モカの三人きょうだいであることはすでに調べておりましたが、顔までは知らなかったので、私も気付くことが出来ませんでした」

……そうよね。私の納品先だもの、調べていないわけがないわよね。

「それにしても、強盗だと思ったけれど……もしかして、人攫《ひとさら》いが目的だったのかしら？　二十人で馬車を襲ってくるなんて」

「それについては、調査致します。その辺の破落戸《ごろつき》に絡まれる程度を想定して、護衛の数を五人にしていましたが、今後は護衛を追加しなければなりません。補充の護衛が到着するまでは、メルティアナ様には森の家から出ないようにしていただきたいです」

「そうね……。また同じようなことがあると、護衛が五人では対処出来ないものね。やっぱり彼らは私を狙っていたと思う？」

犯人の一人が「馬車の中の女」って言っていたわよね。ただの物取りとは思えない。私を狙う理由は何なのだろうか。

「現時点では何とも言えませんが……フェルナンド様に、何かしら情報をいただけるかもしれません」

「分かったわ。お兄様からの情報を待ちましょう。えっと、それで、影の人……名前は何ていうのかしら？」

「彼の名は、レンといいます」

ちらりとレンの方を見るも、顔を布で覆っていて目の色しか分からない。ここからだと黒っぽく見えるけど、日が当たる度に赤くも見える不思議な色合いだ。手足はすらっと長く、背はルディさんと同じくらい高い。

「彼……目しか見えないのだけど、顔を出してもらって良いのかしら？　顔を見ちゃ駄目とか、何か制限がある？」

「いえ、彼はメルティアナ様専属として付けられている影ですので、主人であるメルティアナ様が見てはいけないということはありません」

「……ん？　私専属の影なんているの？　お兄様の影を私に付けているのではなくて？　つまり、今まで自分の影なのに知らなかったということ⁉」

「……えっと、レンの主人はお兄様じゃなくて？」

「難しいところですね。確かにフェルナンド様のご指示で、メルティアナ様に付いていますので……。ですが、これからはメルティアナ様から指示していただいてよろしいですよ」

「指示……これといって特にないわね。今まで通りにしてくれて問題ないと思うわ」

「分かりました。では、レンを呼びますね」

トーリに呼ばれて駆け寄ってきた彼は、顔を隠していた布を解《ほど》き、膝をついて頭を垂れた。黒い布に覆われて見えなかった髪の色は白く艶《つや》やかで、風が吹く度に一本一本がさらりと靡《なび》き、絹糸のようだ。影なのに、この髪色だと目立つから布で覆って隠しているのかしら。

何より一番驚いたのは、とても顔が整っていることだった。すっと通った鼻筋に、目は二重《ふたえ》の幅が浅めで凛々《りり》しい。先ほど黒だと思っていた瞳の色は、実は濃い赤だった。光を浴びると赤が強く見え、雲が日を隠すと瞳の色が黒に変わり、思わず見入ってしまう。白い肌にとても映える印象的な瞳だ。

「お初にお目に掛かります。お嬢様の影を任されております、レンと申します」

「レン、初めまして。今まで私に影が付いているなんて知らなかったの。挨拶《あいさつ》が遅くなって、ごめんなさいね」

「いえ、陰ながら護衛するのが私の役目ですので、お嬢様が気付かないのも当然です」

「ふふっ、そうよね。何も知らされていない私が気付いた方が問題ね。今までありがとう。そして、これからもよろしくお願いね？」

「仰《おお》せのままに、お嬢様」

そう言って薄く笑ったレンは、色気のある人だなと思った。


家に帰ったものの何も手につかず、私はソファーに座りクッションを抱き締めながらお兄様の報告を待った。買って来た苗をちらりと見るも、先ほどの襲撃のことで頭がいっぱいで今は植える気にならない。

お兄様への報告はトーリからするから、私は待っていればいいと聞いている。ただ待つだけ……。私に出来ることは何もない事実に、溜息が漏れてしまう。

あんなことがあったからか、リコリスは私の側を離れようとしない。いつもなら木々を飛び回ってリス達と遊んでいるのに、まだ警戒しているのかしら。

尻尾を撫でながら癒されていると、急にリコリスの瞳の色が赤く染まっていった。

『メル。今、大丈夫かな？』

「はい、大丈夫です。お兄様」

『トーリから襲撃があったと聞いてね。馬車の中にいて見ずに済んだとはいえ、怖い思いをしただろう？　心配になってね……』

みんなが守ってくれるから大丈夫だと分かってはいた。でも、彼らに何かあったらと心配で馬車の中で緊張していたし、怖くなかったわけではない。

「……そうですね。護衛騎士達がいますし結界を張っていたので、馬車の中に入って来られないと分かってはいたのですが、緊張して体に力が入ってしまいましたわ……」

『側で慰めてあげることが出来ないのは、私も応えるな。ちゃんと調べて、二度と同じことがないようにするから、今は結界の中でゆっくり過ごすんだよ？』

「はい、分かりました。報告お待ちしておりますね。あっ、お兄様！　今日、私の影という人物に会いましたわ！」

お兄様ったら、私に影を付けていることを隠し続けるつもりだったのかしら。

『あぁ、レンか。本来、令嬢に影は必要ないが……念のため、メルに付けておいて良かったよ。レンが駆け付けて、すぐに片が付いたと聞いた』

「確かに、彼の声が聞こえてから、すぐに静かになりました。強い方なのですね」

『強くなければ影にはなれないよ。情報収集だけでなく戦闘も仕事のうちだからね。奇襲を仕掛けるのが得意だけど、正面から戦っても問題なく勝てる。そうでなければ、情報を持ち帰ることなど出来ないしね』

確かにそうね、強さがあってこその仕事よね。今回、レンが来なければ戦闘が長引いていたかもしれない。最初に影の存在を聞いた時は驚いたけれど、レンがいてくれて良かったと思った。

「私は知らないことばかりです。あの、レンはお兄様の影ではないのですよね？」

『元々は私の影だったのを、メル専属にしたんだよ』

「それでしたら、初めに私に紹介してほしかったですわ」

『んー……、メルに影を付けると言ったら、不要だと断られそうな気がしてね。だから黙って付けたんだ』

ただ森でスローライフをするだけなら、影が必要だとは思わない。でも、今日みたいなことがあった場合は心強い。普通に生活していれば、襲撃されることなどないとは思うけれど。

「否定は出来ないですね。彼は今、お兄様の指示に従っているのですか？」

『あぁ。メルを守ることに加えて、定期的に私に報告してもらっているよ』

「報告？」

『元気に過ごしているか、心配だからね』

お兄様の優しい言葉に胸が温かくなる。

「あっ、お兄様！　話は変わるのですが、今日モカさんのお兄様に会いました」

『トーリから聞いたよ。偶然通り掛かった青年に加勢してもらったと。こちらで謝礼は準備しておくから、メルは心配しなくていいよ』

「分かりました。でも、私からもささやかですが何かお渡ししておきますね」

『メルは優しいね』

そうしてお兄様との通信が終わり、私はルディさんへのお礼をどうするか考えた。男性へのプレゼントに何が適しているのか、よく分からない……。

ルディさんはコーヒーショップで働いているから、お茶やお菓子を贈るのは微妙よね。日常的に使えるもので、あっても困らないもの……ハンカチに刺繍《ししゅう》をして贈ろうかしら。これなら、汚れて捨てることもあるから何枚あっても困らないわよね。七枚ほど刺繍《ししゅう》して贈ろう。ハンカチ程度であれば、恐縮されることもないだろうし。

安全のためしばらく家から出られないから、のんびり刺繍《ししゅう》に勤しみましょう。ハンカチの生地は、爽《さわ》やかな白がいいわね。ルディさんの髪色に合わせて亜麻色の糸を使って、アクセントに他の色も少し入れて仕上げてもいいかもしれないわ。

護衛達にも何かお礼がしたい。彼らは仕事をしただけと言うだろうけれど、それでもやっぱり感謝の気持ちを伝えるのは大事だ。そうだ、コーヒーセットを渡すのはどうだろう。でも、私は買いに行けないから、トーリに頼むことになってしまう。トーリにも渡すものを本人に買わせるのも気が引けるけど……仕方ない。

そういえば、レンは森に潜《ひそ》んでいると言っていたわね。声を掛ければ反応があったりするのかしら。

私は家の扉を開けて、声を掛ける。

「レン、いるのなら出てきてくれるかしら？」

それほど大きな声を出していないにもかかわらず、すぐに木の上からレンが飛び下りてきた。

「お嬢様、お呼びでしょうか」

「……影って、耳もいいのね」

「大して距離も離れておりませんので、この程度であれば聞き取れます」

「そうなのね。えっと……」

呼びかけてみたけれど、特に用があったわけじゃなかったわ。好奇心で思わず声を掛けてしまっただけで。

「あの、レンは甘いものは好きかしら？」

咄嗟《とっさ》に変なことを聞いてしまった。でも、もしレンが甘いもの好きであれば、私が作ったパウンドケーキを試食してもらったり、一緒にお茶を楽しんだり出来るかもしれない。

「甘いものですか？　特に嫌いということはありません」

「そう、それなら良かったわ。今からお茶を飲もうと思うのだけど、一緒にどうかしら？」

お茶に誘われると思っていなかったのか、一瞬レンの瞳が動揺に揺れた。顔合わせの時は最後に薄く微笑んだだけで、基本的に表情の変化が見られなかっただけに、このちょっとした変化が面白い。

「しかし……今は職務中ですので……」

「私の護衛でしょう？」

「はい」

もう少しレンのことを知りたいという好奇心が湧き、私は粘ってみることにした。

「家の周辺に結界を張っているし、隠れないで普通に側で護衛するのは駄目なのかしら？」

「潜《ひそ》んでいる方が、相手が油断しているところを仕留められるという利点があります。それと……お嬢様に気付かれることなく、片付けることも出来ますので」

片付ける……結界の側に来た外敵を、私に知られずに始末するということね。

「そう、仕事中だものね。でも、我儘《わがまま》を言って申し訳ないのだけれど……今日は一緒にお茶を飲んでくれると嬉しいわ」

「……主人の望みとあれば、何なりと」

こんな言い方は少しズルいわよね。そう思いながらも、私はレンを家へと招き入れる。

「ありがとう。じゃあ、これからお茶の準備をするわね」

「それでは、少しの間お邪魔致します」

家の中に入っても立ったままでいるレンにソファーに座るように言うと、背もたれに寄り掛かることなく綺麗な姿勢のまま座った。少し居心地が悪そうだけど、これから徐々に打ち解けていけたらいいな。

準備したお湯をトレイで運ぼうとしたところで、ソファーに座っていたレンがさっと立ち上がり私の側へやって来た。

「お嬢様、そちらは私が運ばせていただきます」

「私でも運べるわよ？」

「そうかもしれませんが、万が一火傷《やけど》でもされては大変ですので。それと、お嬢様は伯爵令嬢です。もう少し人を使うことを覚えるべきです」

人を使う……今まで使用人に世話をされてきた人生だったけれど、今は出来ることは自分でしていきたいと思っているのよね。

「それは、レンを使えということかしら？　でも、あなたの仕事は私の護衛や情報収集であって、お茶を運んだりすることではないわ。だから、これは私が持って行ってもおかしくはないでしょう？」

「……確かに私の仕事かと言われれば違いますが、お仕えする者が私だけであれば率先してすべきことです。さぁ、トレイをこちらへ」

レンはそう言って私の持っていたトレイの下に手を添え、渡すように促《うなが》す。ジッと私を見つめる彼の目が、「ほら早く」と言っているようだった。

普段隠しているのがもったいないほど美形なレンの顔。整った顔立ちであるがゆえに、あえて隠して面倒ごとを避けているとか？　そういうことも考えられるわね。

そんなどうでもいいことを考えながら、私はレンを見つめ返す。それでも彼が一向に手を引く気配がないため、仕方なくトレイを渡した。

「ありがとう。テーブルまでお願いね。お茶は私が淹《い》れようと思っているけれど……さすがに、レンはお茶は淹《い》れられないわよね？」

「お嬢様の影に任命された時に、お茶の淹《い》れ方も学びましたので問題ありません」

私の影に任命されて、どうしてお茶を淹《い》れる練習をするの？　それもお兄様からの指示なのかしら？　普段姿を見せないのだから、影が私にお茶を淹《い》れる機会なんてないわよね？　んんー？

「あの、よく分からないのだけど……影って、お茶を淹《い》れるお仕事もするのかしら？」

「基本的にはしません。今回はお嬢様が使用人を付けずに森で生活されるとのことでしたので、そのような機会があるかもしれないと思い、学びました」

「そうなのね……ありがとう。それなら、私からお茶に誘っておいて申し訳ないけれど、レンのお茶を楽しませてもらってもいいかしら？」

レンがどんな風にお茶を淹《い》れるのか気になるわ。ちょっと図々《ずうずう》しいお願いになっちゃったけれど、私のために練習してくれたならいいわよね？

「そこは申し訳ないと仰《おっしゃ》らずに、私に指示していただければいいのですよ」

「ふふっ。それじゃ、お茶の用意をお願いね」

「畏《かしこ》まりました。お嬢様」

ティーセットをテーブルの上に準備すると、レンはカップを湯通しして温め出した。その間にパウンドケーキをカットし、お皿に分けていく。手際が良いわ……。本当にちゃんと淹《い》れ方を習ってきたのね。それにしても、黒尽くめの大人の男性がお茶を淹《い》れているのは、何だか不思議な光景だわ。

「お嬢様、準備が整いました。どうぞお召し上がりください」

「ありがとう。私のメイドに淹《い》れてもらっているようだわ」

一口紅茶を飲むと良い香りが広がる。私専属のメイドが淹《い》れてくれたものと変わりなくて、とても驚いた。きっと何度も何度も練習したのよね。影に必要な仕事じゃないのに。

「レン。あなた、お茶を淹《い》れるのが上手なのね。私がいつも邸《やしき》で飲んでいたのと同じ味がするわ」

「私はお嬢様専属の影ですので、お口に合うよう、お嬢様のメイドに淹《い》れ方を教えていただきました」

「いつの間に……。そんなことをしていたなんて、全く知らなかったわ」

「使用人たるもの、主人に不便を感じさせないよう仕事をこなすことこそが喜びです。お嬢様がお知りになる必要もない瑣末《さまつ》なことですよ」

レンは表情を変えず、こんなことは驚くようなことでもないとばかりに言ってのけた。我が家の使用人は総じて忠誠心が強いのよね。とても誇らしいことだわ。

「そうなのね。本当に、我が家の使用人は優秀で助かるわ」

「そう思っていただけると、皆喜びます」

……何だろう。レンは影っていうよりも、執事みたいな感じがするわね。見た目は影なのだけど、所作や話し方は丁寧だし、おまけにお茶まで淹《い》れられるし。

そんなことを考えながら、レンがパウンドケーキを口に入れるのを見つめる。咀嚼《そしゃく》後に薄く目を細めたのを見て、彼は甘いものが好きなのかもしれないと思った。

それから少し話をし、レンが小さい頃から影としての訓練を受けていたことを教えてもらった。影になるには、幼少の頃から訓練を重ねるらしい。危険な仕事だし、どんな状況でも対応出来るようにならなければ生き残れない。そのため、一人前になるまでに何年もの月日を要すると言っていた。私には想像がつかない世界だ。

小さい時なんて、自分の身を守るためだけに防御魔法の特訓をし、あとは植物を育てたり刺繍《ししゅう》をしたりして気楽に過ごしていた。彼の幼少期を思うと胸が苦しくなるが、過ぎたことを私がどうこう言っても仕方がない。これから少しずつでも楽しいと思えることが増えてくれると嬉しいな。

襲撃事件から一月《ひとつき》、大人しく森の中でお薬を作ったり刺繍《ししゅう》をしたりして過ごしていると、お兄様から連絡が来た。

『犯人を取り調べたところ、通りすがりの馬車を襲った、ただの金銭目当てだったよ。もう心配はいらないから、街へ行っても大丈夫だよ』

え？　通りすがりの犯行なの？　本当に？

「お兄様、犯人は馬車に女性が乗っていると分かっていて、引きずり出すように言っていたと思うのですが」

『あぁ、メルが買い物をして馬車に乗り込むのが見えたみたいでね。女性だとは知っていたが、それが誰かということまでは分からなかったと言っていたよ。だから、メルを狙った犯行じゃない』

私を狙ったわけじゃないと聞いてホッとした。それにしても、そんな無差別に襲撃するなんて……でも、他の人が被害を受けた時のことを考えると、襲われたのが護衛のいる私で良かったのかもしれない。

「そうでしたか……。やっぱり、護衛付きで馬車に乗っていれば目立ってしまいますよね」

『こればかりは仕方がない。護衛を外すことは出来ないから』

「えぇ、それは分かっていますわ。今回は運が悪かったと思うことにしますね」

『それでいいよ。この後、少しレンと話をしたいから、メルは席を外してもらえるかい？』

私がいると話せないことなのかしら。お仕事の話かもしれないわね。

「分かりました。では、私はお庭でリス達と遊んでいますね」

『リコリスもレンも側にいないから、結界内から出ないようにね』

「はい、今日はご連絡ありがとうございました」

そう言って、私はレンと入れ替わるようにして庭へと出る。すると、リス達は思い思いに木々の間を飛び回り、うさちゃん達は草を食べては寝転んでと自由を満喫していた。

マジックバッグに入れておいた苺《いちご》とりんごを取り出して、庭に置いてあるテーブルの上に並べると、テーブルを囲むように彼らが集まり出す。勝手に食べないところを見ると、リコリスが普段からしっかりと教えているのだろう。

「さぁ、どうぞ召し上がれ」

私の声掛けで一斉に飛び付き、静かな森の中にりんごを齧《かじ》る音がしゃりしゃりと響く。苺《いちご》を食べて真っ赤になったリス達を綺麗にしてあげたり、水を入れ替えてあげたりしていると、レンが家から出てきた。お兄様との仕事の話は済んだとのことで、すぐに森の中へと消えていってしまった。

ゆっくりお茶でもしていけばいいのに。

間章　犯人の正体と、期待する処罰（フェルナンド視点）

執務室で書類を片付けているとリコリスから緊急事態の信号が届き、思わず席を立った。メルの周辺で何かあったらしい……だが、ここからではすぐに駆け付けることが出来ない。私が動くより護衛や影達に任せた方が確実だろう。仕方なくトーリからの報告を待つが、どうにも落ち着かない。

今頃メルがどれほど怖い思いをしているかと想像する。あの子を森へ送ったのは間違いだったかもしれない。私の側にいた方が幸せだったのではないだろうか。庭に小屋を建てて周りを木で囲えば、擬似的に森で生活しているような空間を作ることが出来たのでは……

報告が来るまで仕事にならず、ただただ静かに待っていると、トーリに渡していた通信機から連絡が届いた。

『フェルナンド様、ご報告がござ――』

「話せ」

やっと連絡が来たことに安堵しながらも状況を早く把握したくて、被せるように言う。

『はっ、本日メルティアナ様が馬車で移動中に、二十人ほどの破落戸《ごろつき》に襲撃されました』

襲撃を受けた？　二十人とは多いな……。狙いは何だ？　メルが伯爵令嬢と知っての行動か？

「それで、もちろんメルには一つの傷も付いていないだろうね？」

『はい。馬車から出ずに結界を張っていただきましたので、男達の姿を見ることもありませんでした』

良かった……。メルに怪我がないと分かった瞬間、体から力が抜け、背もたれに寄り掛かる。祈るように握り締めていた手にじんわりと汗をかいていることに気付き、ハンカチでさっと拭《ぬぐ》う。こんな自分の状態にも気付かないとは……どれだけ余裕がなかったんだか。

怪我がなかったことが一番だが、破落戸《ごろつき》の姿を見ずに済んだのも幸いだ。メルにはなるべく綺麗なものだけを見て、楽しく過ごしてほしい。

「そうか、それなら良かった。護衛達の中に怪我をした者はいなかったかな？」

『かすり傷程度ですので問題ございません。男達は三人生かし、残りは処分しました。現在、ラルフを見張りに付けて牢に捕らえております』

ラルフは侯爵家の三男であり、私とメルの幼馴染《おさななじみ》だ。燃え上がるような赤い髪に、意志の強そうな凛々《りり》しい赤い瞳。顔立ちの良さもあって派手に見えるが、メルを一筋に想い、他の女性に心が揺らぐことはなかった。

彼はメルの側にいたいと我が家で護衛騎士として勤めることを望み、メルが学園へ通う間の護衛を任せていたが……聖女に惑わされたせいで職務放棄してしまい、その任を外れることになった。だが、メルなしで生きてはいけないという彼の気持ちを酌んで、メルの視界に入らないという約束で今回護衛の一人としたのだ。

「そう。何が目的なのか、しっかりと取り調べること。ただの強盗なのか、メルを狙っていたのかで、今後の対応が違ってくるからね」

『肝に銘じます。それと、偶然通り掛かった青年が加勢してくださいました。メルティアナ様が納品をしているコーヒーショップの次男で、ルディという者です』

コーヒーショップを手伝っている青年か。剣の腕が立つとは意外だな。メルを助けてもらったのならば、是非お礼をしなければならない。我が家から礼状と共に謝礼金を渡そう。

「分かった。では、そちらに執事のセバスを向かわせるから、着いたら案内を頼むよ」

『畏《かしこ》まりました』

「メルの様子はどうかな？　相手の目的がはっきりするまでは、家から出ないでほしいところなのだが……」

メルには窮屈な思いをさせてしまうが、仕方ない。もしメルが狙いだった場合、また襲撃される恐れがある。はっきり分かるまでは、結界内にいるのが一番だろう。

『襲撃自体を目にしていないということもあり、そこまで怖がっていらっしゃる様子はございませんが、少し緊張はされているようでした』

「そうか……。せっかく癒されに森に行っているというのに、こんなことに巻き込まれて可哀想に。しばらくは家から出られないから、気が紛れるようにお菓子などを適度に差し入れしておいてほしい」

『畏《かしこ》まりました。少しでもお心を慰められれば良いのですが』

「そうだね。早く解決出来るように、吉報を待っているよ」

『これから取り掛かりますので、情報が取れ次第すぐにご連絡致します』

「ありがとう。じゃ、よろしく頼むよ」

『はい、失礼致します』

その後メルに連絡を取ると、トーリの報告通り、怖がっているというような状態ではなかった。だが、しなくてもいい辛い思いをしてしまったのは事実だ。犯人達には、しっかりと報いを受けてもらおう。

犯人達の口を割るのに数日掛かるかもしれないと思っていると、驚いたことにその日のうちにトーリから連絡があり、目的が判明した。

「ご苦労様。随分と早く口を割ったようだね」

『三人残しておりましたので。順番に拷問をしていけば、目の前の恐怖から逃れようと誰かしら口を割るものです』

やはり我が家の護衛は優秀だ。どうすれば奴らが口を割るのかよく分かっている。彼らの仕事に感心しながら報告を聞いていると、まさかの犯人に驚いた。

「……ユトグル公爵令嬢が黒幕とはね。自分のところの騎士を使わなかったことを考えると、公爵家ではなく、令嬢の独断か」

本当に呆れる。いくら公爵令嬢といえど、こんなことをしたらただでは済まない。それすら分からないとは……はぁ、溜息しか出ないな。

『恐らく仰《おっしゃ》る通りだと思います。公爵家の騎士が二十人で襲撃してきた場合、我々では持ち堪《こた》えることは出来なかったでしょう。破落戸《ごろつき》相手だったのは不幸中の幸いでした』

全くだ。公爵家の騎士二十人に対して我が家の護衛五人では、メルを守ることは出来なかっただろう。今回は令嬢が愚かで助かった。

「そうだね。ユトグル公爵がそんなことを許すとは思えないから、あり得ない話で済んで良かった。それにしても、ユトグル公爵令嬢も浅はかな……。本人は上手くいくと高を括っていたのだろうが」

『高位貴族の令嬢ですので、少し傲慢なところはありましたが、まさか学園を卒業してからこのような行動を起こされるとは思いもしませんでした』

「はぁ……。彼女は第二王子殿下の婚約者の座を狙っているからね。未だに婚約者を決めない殿下に対して苛立《いらだ》ちを募らせて、その矛先《ほこさき》がメルに向かったのだろう。困った人だ」

『この先どうされますか？』

……どうしたものか。無駄に爵位が高いから動きにくい。私から公爵家へ働きかけるよりも、第二王子殿下に動いてもらうのが良いだろう。

「この件については、第二王子殿下に動いていただくようお願いしよう。殿下が原因でもあるわけだしね。ただ、慰謝料はしっかりと請求させていただこう」

恐らく秘密裏に処理され、慰謝料という名の口止め料が支払われるはずだ。公爵自身は領民から慕われ、しっかりとした領地経営をされているだけに、今回の失態は隠し通すだろう。

さて、殿下はメルのためにしっかりと働いてくれるかな。欲を言えば、こうなる前に公爵令嬢にしっかりと釘を刺しておくなど、何かしらの対策を講じていてほしかったが……

そもそも、殿下は女性について勉強が少し足りていないようだ。特に、彼女のように高い地位を持ち自分に自信がある女性は、恋愛で思い通りにいかなかった場合、その憤《いきどお》りを男性ではなく、相手の女性の方に向けてしまう。

さぁ、殿下。これをどう処理するか、拝見させていただきますよ。

間章　過去の行動への後悔と償い（アルフォンス視点）

仕事に没頭するあまり、仕事が早く片付き休みが増えてしまう。今日も朝から時間を持て余して、読書をしていると、フェルナンド殿から手紙が届いた。内容を確認してみると、手紙では詳しく話せないが、メルについて重要な話があるとのことだった。メルに何かあったのかと心配になり、すぐに返事を出し、その日のうちに会う約束を取り付けた。

「よく来てくれた。掛けてくれ」

フェルナンド殿にソファーをすすめ、私も対面に座る。

「殿下、本日は急なお願いを聞いていただき、ありがとうございます」

「いや、メルについて重要な話なら、何よりも優先したい」

「そう言っていただき安心致しました」

どうやら人に聞かれていい話ではなさそうなので、使用人を部屋から下げる。そして紅茶を一口飲み、気持ちを落ち着かせた。一体どのような話なのだろうか……

「それで、話というのは？」

「実は……先日、メルが破落戸《ごろつき》達に襲撃されました」

「なっ⁉　今、襲撃と言ったのか⁉　メルは‼　メルは無事なのか⁉」

バンッ！　予想だにしていなかった話に、礼儀も忘れ大きな音を立ててテーブルに手をつき、フェルナンド殿に詰め寄る。

「はい。メルは馬車に乗ったままで犯人達を見ることもなく、護衛が対処致しましたので、かすり傷一つ負っていません」

「そうか……」

メルに何事もなかったと知り安堵すると共に、体に入っていた力が抜けてゆっくりとソファーの背にもたれた。それにしても、何故メルがそんなことに……。改めて姿勢を正し、フェルナンド殿に話の続きを促《うなが》す。

「それで、ただ襲われたと言いに来たわけではないのだろう？」

「はい。破落戸《ごろつき》に、メルの襲撃を依頼した者がおりました」

「行きずりの犯行ではなく、メルが狙われたのだな。私に話すということは、相手は貴族か」

「高位貴族で、メルに敵意を持っている令嬢——と言えば、誰だか殿下も想像がつくのではありませんか？」

令嬢……？　まさか……いや、そんなこと……違うと思いたかった。犯人を思ってのことではなく、私のせいでメルが危害を加えられたと信じたくなかったのだ。

「まさか、ユトグル公爵令嬢かっ⁉」

「あぁ、やはりお分かりのようですね」

彼女は学園にいた頃から何かとメルに絡む傾向があったから……だが、まさかメルの襲撃を依頼するほどとは。そういえば、先日王宮の回廊で出くわした時も、私が未だに婚約者を決めないのはメルが原因かと聞いてきた。あの時のやりとりがきっかけとなって、今回の騒動に発展したのか……なんてことだ……

「彼女が主犯ということは、原因は私だな」

「恐らく」

「私に不満があるのならば、直接言えばいいものを……何故メルを標的に……」

「ユトグル公爵令嬢は、殿下が婚約者をお決めにならないのはメルのせいだと思い込んでいるのでしょう。それならば、邪魔なメルを片付ければ済む話です。メルさえいなくなれば、殿下は他の令嬢を選ばざるを得ない」

「そんなっ⁉　それはあまりにも極端ではないか」

「彼女の性格を考えれば、そういう考えに行き着くと予想したまでです。失礼を承知で申し上げますが、殿下がメルを諦めてくださっていれば、このような事態になることは避けられました。兄として、メルの平穏な生活を壊していただきたくはありません」

私がメルを諦めれば……そんなこと……無理だ。メルに出会った時、すでに彼女には婚約者がいた。だが、学園で彼女に会えるだけで嬉しかった。それ以上のことは何も望んでいなかったのに……メルが婚約解消したことで、もしかしたらと希望を持ってしまった。一度諦めた彼女への恋心が大きく燃え上がってしまったのだ。だが、私のエゴでこのような事態を招いてしまい、メルには本当に申し訳ない。

「すまない……。私の考えが甘かったようだ。今回、フェルナンド殿が私に会いに来たのは、相手が公爵令嬢であるがゆえだな」

「はい、さすがに筆頭公爵家のご令嬢ともなると、私も下手に手を出すことが出来ませんので、殿下にお願い出来ないかと思いまして」

「そうか。公爵は人格者だというのに、どうして娘はあのように育ってしまったのか……。今回の件は、私の不徳の致すところだ。こちらで対処させていただく。近いうちに公爵を呼び出して、令嬢への処罰を決めるので、それまで待ってもらえるだろうか？」

「はい。ご連絡をお待ちしております。それでは、本日はこれで失礼致します」

フェルナンド殿が部屋を出ていった後、私は背もたれに寄りかかり溜息を吐いた。

「はぁ……、私のせいか……」

ユトグル公爵令嬢には、相応の罰を受けてもらう。公爵令嬢といえど何をしても許されるわけではないということを、身をもって知ってもらわねば。

すぐにでも罰を決定したいところだが、さすがに相手が公爵令嬢なので、父上に判断を仰《あお》がなければならない。夕食は必ず家族でとるため、さっそくこの時に父上に話したいことがあると告げる、すると、食後に談話室へ来るよう言われた。

「父上、お時間を作っていただき、ありがとうございます」

「改まって話があるとは、何事か？」

いつも厳しい眼差しで王としての仕事をこなす父上だが、談話室では一人掛けソファーにゆったりと座り、右手で酒の入ったグラスを回し寛《くつろ》いでいた。仕事が終わったこの時間に話すのは気が引けるが、父上に時間を作ってもらうのはなかなか難しいため、仕方ない。

「実は……ユトグル公爵令嬢が、ミズーリ伯爵令嬢を亡き者にしようと、破落戸《ごろつき》を雇い襲撃するという事件が起きました」

私の報告に、父上は手に持っていたグラスをそっとテーブルに置き、手を組み溜息を零した。

「……ミズーリ伯爵令嬢か。アルフォンスが婚約者にと望んでいる者だな」

「はい。そのため、私が婚約者を選ばないのは彼女のせいだと思い込み、排除しようとしたものと考えられます」

「それで……ユトグル公爵令嬢をどうにかしたいと？」

「このまま野放しにするわけにはいきません。彼女は公爵令嬢という立場を、何をしても許されるものだと勘違いしている節があります。しっかりとした罰が必要です」

在学中から令嬢達を侍《はべ》らせ、女王様の如《ごと》き振る舞いを見せていた。私がどんなに厳しく接しても態度を改める様子がなかったため、相手にするだけ無駄だと見て見ぬふりをしてしまったのがいけなかったのかもしれない。

王女である私の妹が在籍していれば、公爵令嬢である彼女よりも立場が上のため、ユトグル公爵令嬢もあそこまで尊大な態度は取れなかっただろう。けれど、妹とは年齢が離れていたのでそれも叶わなかった。今更こんなことを考えたところでどうしようもないが……

「確かに、傲慢な令嬢であるという噂は私のところまで届いている。公爵は仕事にかまけて子育てを怠《おこた》ったか……残念だ。今回の件は、アルフォンスに全権を委ねよう。好きにするがいい」

「ありがとうございます」

無事父上に許可をもらうことが出来たため、翌日ユトグル公爵を呼び出すことにした。


朝一で公爵を呼び出し、私の執務室へ通す。用件の詳細は伝えていなかったからか、公爵は困惑していたが、何かを期待するような表情が見え隠れしている。

「公爵、急な呼び出しにもかかわらず、よく来てくれた。掛けてくれ」

「殿下、本日は娘のことでお話があるとお聞きしましたが……もしや婚約についてでしょうか？」

なるほど……それでどこか表情が明るかったわけか。今回の件については、本当に何も知らないのだな。娘のことを何も把握していないのは、父親としてどうかと思うぞ。

「いや、それはあり得ない。それよりも深刻な問題だ。令嬢が破落戸《ごろつき》達を雇ったのは知らないようだな」

「破落戸《ごろつき》？　娘が雇ったというのですか？　そんな者達と交流するような子ではないのですが……」

「あぁ、そうだろう」

通常であれば、彼女があのような者達と関わることなどない。視界に入るのも嫌だと、蔑《さげす》んだに違いない。そんな者達を使ってまで、私の大事なメルを消したかったのだよ、あなたの娘は。

「どうやら、ミズーリ伯爵令嬢を襲撃するために雇ったようだ」

自分の娘がそんなことをするなどと想像もしていなかったのだろう、私の言葉を聞いて一気に公爵の顔色が悪くなっていく。

「なんてことを……。それで……ミズーリ伯爵令嬢の安否は」

「安心していい。幸いにも護衛が付いていたため、事なきを得た。だが、無事だったからと言ってお咎めなしというわけにはいかない。公爵も分かっているだろう？」

「……はい」

いつも気丈に振る舞っている公爵とは思えぬ弱々しい声に、憐れに思う。

「殿下はどのような罰をお考えでしょうか……？」

「表向きは病死とし、修道院へやることにする」

「それでは、我が領にある修道院を手配致します」

娘へ情けを掛けるつもりか？　仕事ではあんなに厳しい人なのに、やはり娘となると甘さが出るのか。

「ならぬ。公爵領の修道院は、そなたが支援している場所だ。そうなれば、令嬢の待遇が通常の修道女よりも良くなる可能性が高い。それでは罰にならない。公爵……そなたの娘は、今まで公爵令嬢という立場を使い、好き勝手し過ぎた。ゆえに、公爵であろうとも手出しが出来ぬ厳格な修道院へ入れることとする。修道院での生活は全て己《おのれ》でやらなければならない。贅沢も我儘《わがまま》も許されない。彼女にとっては厳しい罰となるだろう。それで、少しでも己《おのれ》の所業を省《かえり》みてくれるといいのだが……」

人一人の命を奪おうとした罪の重さを、身をもって知ってほしい。今回は相手がメルだったが、ユトグル公爵令嬢は目障りな相手がいれば平気で同じことを繰り返していくだろう。

「それはっ！　ミズーリ伯爵令嬢は無事だったではないですか！　娘は、こちらでしっかりと管理しますので……」

無事だったからいいなど……公爵、残念だ。彼なら自分から厳しい罰を進言するかと期待したが、やはり娘は可愛いいか。

「今回はたまたま無事だっただけで、命を落としていてもおかしくはなかった。そうなった場合、取り返しが付かない。彼女には自分が何をしたのか、厳しい環境の中でよく考えさせるべきだ。この件は、父上からも全権を任されている。これは決定事項だ」

「……っ。畏《かしこ》まりました。病死扱いということで、我が家へ配慮していただき、ありがとうございます」

さすがにもう何を言っても無駄だと察したのだろう、公爵はこれ以上訴えることなく私に礼を述べた。だが、握り締められた拳が震えているのを見る限り、表面上切り替えたように振る舞っているだけで、感情はまだ付いてきていないようだ。

仕事にかまけて娘の相手をあまりしてこなかったとはいえ、娘を愛していなかったわけではない。不自由がないようにと金をたくさん与え、蝶よ花よと周りが可愛がり、何でも言うことを聞いてきたのだろう。

「令嬢が悪いだけで、そなたが悪いわけではない。領民からも慕われていると聞くし、王宮の仕事もしっかりこなしてくれている。公爵家に悪評が立つのは、こちらとしても望まない。明日には騎士を向かわせるから、今日中に別れを済ませておくように」

「明日……畏《かしこ》まりました。ミズーリ伯爵家には、後日謝罪に向かわせていただきます」

そんなに早く？　と目が訴えてはいたが、それを言葉にはせず公爵は了承した。彼がこれから涙ながらに娘と別れる場面が想像出来るだけに胸が痛むが、情けを掛けるわけにはいかない。

「あちらも大事な令嬢が襲われたとあって、心中穏やかではないからな。今日は、もう下がって良い。娘と過ごしたいだろう」

「はい……。それでは、失礼致します」

公爵が出て行くと、私はソファーの背もたれに寄り掛かった。厳しい態度を取り続けるのはなかなかに疲れる。

公爵は悪い人ではないだけに、娘の件は本当に残念だ。誰か間違いを指摘し正してくれる人がいれば、彼女の現状も違ったものになっていたはず。今後は修道院で自分を厳しく律し、何が間違いだったのか気付いてほしい。

窓を開けバルコニーに出ると、湿った風が頬を撫でる。空を見上げると黒く重い雲ばかりで、これから雨が降りそうな空模様だった。

メル、あなたが今いる場所も、ここと同じように雲に覆われているのだろうか。こんなにもあなたに会えないなんて……胸が張り裂けそうだ。王宮でのお茶会で出会ってから、私にはメルだけだった。こんなにも長い年月心に秘め続けて、やっと想いを伝えられそうだと思った矢先に、風に攫《さら》われるようにあなたは私の前から消えてしまった。

今はメルの気持ちを優先して待つことにするよ。約束の一年が過ぎ、こちらに戻ってくるのを待っているから、その時は私の気持ちを聞いてほしい。

「メル、愛しているよ」

メルへの愛の言葉は、誰に聞かれることなく消えていく。言葉にすればするほど彼女に会いたい気持ちが溢れ出す。あと数ヶ月……何とか耐えてみせるよ。

◆　◆　◆

襲撃事件の犯人への処罰も済んだとのことで、お兄様から外出の許可が出た。すでにルディさんには謝礼を渡したと聞いたが、私も改めてお礼に伺いたいと思っていたので、今日はコーヒーショップに向かう予定だ。ずっと家にいて森へお散歩にも行けなかったこともあり、お礼のハンカチを大量生産してしまった。消耗品だから何枚あってもいいわよね……？

「トーリ、おはよう。今日もよろしくね」

「こちらこそよろしくお願い致します。やっと外出許可が下りて良かったです」

「ふふっ、本当にね。一月《ひとつき》も家に籠もることになるなんて思わなかったけれど、護衛を増やしたり、犯人達の罰を決めたりしていたら、色々と時間が掛かるわよね」

森で静かに暮らすだけなら護衛一人でも多いと思ったけれど、この間の襲撃で考えを改めた。だから、お兄様が私の護衛を増やすと言った時も素直に従った。襲撃に会う前だったら、そんなに必要ないわよと言っていたと思う。

「仰《おっしゃ》る通りです。護衛の選定も念には念を入れて慎重に行いましたから、時間を多く取らせていただきました」

「私の我儘《わがまま》に付き合ってもらって申し訳ないわね」

「いえ、メルティアナ様のためですので、お気になさらないでください」

「そう言ってくれるとありがたいわ」

今回はたまたま私の馬車が通ったから襲われただけで、あんなことはそうそう起こらないわよね。気にし過ぎるのは良くないし、切り替えていきましょう。

久しぶりの外出に心を浮き立たせながら、肩に乗ったリコリスをひと撫でして馬車に乗り込む。しばらく馬車を走らせ街へ入ると、そこには変わらず賑やかな光景が広がっていた。それを見て、ようやく日常が戻ってきたと感じた。

帰りにカフェに寄って、お茶菓子も買って帰りましょう。お兄様にはいつも私が作ったパウンドケーキを送っているだけだから、こちらで売っている甘過ぎないお菓子を送るのもいいかもしれないわね。

今度、リコリスを作ってくれたお兄様のお友達のアランさんも様子を見に来てくれると言っていたから、その方へのお礼も準備しなければならないわ。幸いなことに、その方は甘いものを好んでいるそうなので、色々なお菓子を用意しておきましょう。

あとは、個人的に使う用として、改良した花で安眠出来るポプリを作ったから、それも渡せたら良いな。香り長持ちで一月《ひとつき》は安眠効果が続くので、是非枕元に置いてもらいたい。もし、気に入ってもらえたら、定期的に贈ろうかなと思っている。それだけリコリスや便利な魔道具を作ってくれた彼には感謝しているのだ。

街並みを見ながら考えを巡らせていると、馬車がコーヒーショップの前で停止した。

「メルティアナ様、到着致しました」

「えぇ、ありがとう」

トーリのエスコートで馬車を降りて、歩き出す。

店の前にいる看板犬のダフル君に挨拶《あいさつ》をして、リコリスを下ろす。ここに来ると、リコリスはダフル君と過ごすのが習慣となっている。相変わらず、大人しくおっとりした看板犬のダフル君。毛並みも綺麗で、リコリスが気持ち良さそうにダフル君の背に寝転んでいるのを見ると、私もリコリスになってみたいと思ってしまう。羨ましいわね。

お店のドアを開けると、カランコロンとドアベルが鳴り、コーヒー豆を挽《ひ》く音と共にいい香りが漂《ただよ》ってくる。

「いらっしゃいませ」

「やぁ、いらっしゃい。メル」

笑顔で振り返り声を掛けてくるモカさんの隣には、一月前《ひとつき》に私を助けてくれたルディさんが立っていた。

「おはようございます。モカさん、ルディさん」

「メルちゃん、久しぶりだね！　元気にしてた？」

「はい。家に籠もっていただけなので、特に問題なかったですよ」

「この前のこと、聞いたよ。怖かったでしょう？　しかも偶然兄さんが通り掛かって加勢しただなんて、本当に驚いたよ！　兄さんが剣を使えて良かった」

モカさんにも心配掛けちゃったわよね。それに、兄であるルディさんが巻き込まれて危ない目に遭っていたなんて、心中穏やかではないはず。

「今回の件ではお兄さんを巻き込んでしまって、ごめんなさい。ルディさんに怪我がなくて良かったわ」

「ふふっ、兄さんよりもメルちゃんに怪我がなくて良かったよ！　この綺麗な肌に傷でも出来たら大変！」

えっと、そうね、貴族令嬢は怪我が残ったら傷物として扱われてしまうのよね。まぁ、婚約解消している時点で、少なからず傷がついているけれど……

「モカ、立ち話も何だし、席にご案内して」

「あっ、そうだった！　気が付かなくてごめんね。久しぶりだから、嬉しくて」

「私もつい立ち話をしてしまいました。お仕事中なのに、ごめんなさいね」

「この時間はお客さんも少ないから大丈夫だよ。ゆっくりしていってね」

「ありがとうございます」

席に案内され、いつも通りトーリを向かいの席に座らせる。そして注文を取りに来たルディさんに、お礼のハンカチを差し出した。

「あの、この前のお礼なのですが、受け取っていただけますか？」

「お礼？　もう使いきれないほどの謝礼をもらっちゃっているんだけどな」

お兄様が言っていた謝礼のことね。使いきれないほど……一体いくら渡したのだろう。私の命の値段だと思えば……相当渡していそうね。

「それは我が家からのお礼で、私からのお礼は別に用意したんです。受け取ってもらえると嬉しいのですが」

「へぇ、開けてみてもいいかな？」

「はい」

ルディさんは包装を丁寧に剥《は》がしていき、ハンカチを一枚手に取ると、絵柄が分かるように広げた。

「これはまた上質な生地を使ったハンカチだね。刺繍《ししゅう》も素晴らしいな」

「その……刺繍《ししゅう》は、私が入れさせていただきました。消耗品ですし、傷《いた》んだら捨てていただいて大丈夫です」

「これ、メルが刺繍《ししゅう》したの？　すごいな。売り物みたいに素晴らしいよ。とてもじゃないけど、使い古してくたくたになったとしても捨てられるものじゃない。大事に使わせてもらうね」

そう言うと、ルディさんは私の頭にぽんぽんと手を乗せる。思わぬ行動に固まってしまった私を、彼は身を屈めて覗《のぞ》き込む。

「あ、ごめん。驚かせちゃったかな」

「いえ、あまりこういったことに慣れていなくて。気を遣わせてしまって、こちらこそ申し訳ないです」

「いや、今のは私が悪かった。護衛の彼が怖いから、そろそろ戻るよ。またね」

……護衛の彼。向かいにいるトーリに視線を向けると、鋭い視線でルディさんを見ていた。

「トーリ、そんな怖い顔をしては駄目よ」

「メルティアナ様に気安く触れるなど、到底許せません」

「街の人達は親しくなると距離が近くなると言うし、頭に触れるのも当たり前なのかもしれないわ」

アンナ嬢も人との距離が近かったし、婚約者だったルシ様——マイガル伯爵令息や護衛騎士のラルフに触れたり腕を絡ませたりしていたものね。

でも、男性にあんな風に気軽に触れられたことなんて、お兄様とマイガル伯爵令息以外にはいなかったから驚いてしまったわ。

お礼を渡し、モカさんと少しお喋《しゃべ》りも出来たことだし、そろそろ店を出ましょう。あまり長居をしたら迷惑になってしまうものね。

「メルちゃん、納品以外の時もたくさん遊びに来ていいからね！」

「はい、お仕事の邪魔にならない時間に、遊びに来ますね」

「そんなこと気にしなくてもいいのに……って言いたいところだけど、確かに混雑している時間はお喋《しゃべ》り出来ないわ」

「ふふっ。それではまた」

「うん。待っているからね！」

モカさんに見送られて店を出ようとしたところで、ルディさんに声を掛けられる。

「あ、待って、メル」

「はい？」

「これ……さっき店を抜け出して買って来たんだけど、良かったら受け取ってもらえるかな？」

そう言ったルディさんの手には、小さなブーケが握られていた。白や黄色の小さな花がとても可愛い。

「これを私に？」

「あぁ、さすがにもらい過ぎているからね。メルの刺繍《ししゅう》してくれたハンカチに対するお礼だよ」

わざわざ買って来てくれるなんて、気にせずにもらってくれて良かったのに。逆に気を遣わせてしまったかしら……

「あれはお礼にプレゼントしたものなので、それのお礼をもらうというのも変な感じがしますが……せっかく私にと買って来てくださったのですもの、ありがたくいただきますね」

「良かった。モカからメルは花が好きだと聞いていたので、これなら断られないかなって。ちょっとずるいかなとも思ったんだけど……」

少しばつが悪そうに頬をかくルディさんの様子に、くすりと笑みが零れる。

「そうだったのですね。私の好きなものを考えてくれた、その気持ちが嬉しいです」

「あ、そうだ。二週間後に収穫祭があるんだけど、良ければ一緒に行かない？　この街に来てまだ一年経ってないなら、行ったことないよね？」

「収穫祭……行ったことないですね。とても気になりますが……」

行ってみたい。行ってみたいけれど……。私は背後にいるトーリを見つめる。許可してくれるかしら？

「うっ、そんな目で見ないでいただきたいのですが……」

「駄目かしら？」

「人の多いところはあまりおすすめ出来ません」

そうよね……護衛のみんなの負担を考えれば諦めるべきよね。お祭りだからいつもより人が多いだろうし、危険も増える。分かってはいるけれど、残念だわ。

「そうよね。やっぱり、駄目よね？」

「……フェルナンド様にご相談してみて、出来るかどうか検討してみます」

トーリは渋々ながらも、そう言ってくれた。絶対に駄目だと言われると思っていたから、それだけでも嬉しい。

「ありがとう！」

「まだ決定ではありませんが、恐らくフェルナンド様が色々と手配してくださると思います」

「さすがお兄様ね。もし許可が下りたら、お礼を言わなくちゃ」

忙しいお兄様の仕事を増やしてしまうのは気が引けるけれど、収穫祭には参加してみたい。せっかく、ここで暮らしているのだもの。その土地のお祭りにも参加してみたいと思うのは普通のことよね。

それに、世の中を知るいい機会にもなる。私はあまりにも世間を知らな過ぎるから。

「それでしたら、もう少しフェルナンド様へのご連絡を多くして差し上げると、喜ばれると思います」

「え？　でも、お兄様は忙しいでしょ？　お仕事の邪魔はしたくないのだけど……」

「確かにお忙しいですが、メルティアナ様とお話し出来れば、それだけで疲れも吹き飛んでしまいますよ。それに休憩にもなるので、こまめにご連絡なさった方が、フェルナンド様の体のためにも良いかと思われます」

忙しいから邪魔になるかと思って頻繁に連絡しないようにしていたけれど、違ったのね。もしかして、私が連絡しないと休憩も碌《ろく》に取らないのかしら。それは良くないわ。

「分かったわ。これからは、少しの時間でもお話しするわね」

「はい、喜ばれると思います」

さっそく家に帰ったら、お兄様に連絡をして収穫祭のことを相談しなくちゃ。トーリと話を終えると、側でやりとりを見ていたルディさんに声を掛けられる。

「それで……収穫祭には行けそうかな？」

「あ、ごめんなさい。大丈夫だと思います。もし行けることになったら、お祭りの日はこちらに伺えばいいかしら？」

「迎えに行くと言いたいところだけど、護衛の問題とかあるみたいだから、この店で待ち合わせることにしてもいいかな？」

こちらの事情を考慮した提案をしてくれるなんて、本当に優しい人だ。そうじゃなければ、襲撃の時も加勢してくれたりしなかったわよね。さすがモカさんのお兄さんだわ。

「はい、もちろんです。では、結果含めて詳細はトーリからご連絡差し上げますね」

「分かった。連絡を楽しみに待っているよ」

「あっ！　あの、モカさんも一緒ですか？」

モカさんも一緒にお祭りに行けたらきっと楽しいわ。色々なお店を一緒に回りたい。

「あぁ、モカは恋人と行くって言っていたな」

「まぁ、それは邪魔するわけにはいかないですね」

モカさんとも一緒にお祭りを楽しみたかったけれど、さすがに恋人との時間を邪魔するわけにはいかない。後でお話を聞かせてもらいましょう。

ルディさんと別れて、馬車で家に帰ると、すぐにウォークインクローゼットへと向かう。何を着て行こうかしら。歩きやすい服装がいいわよね。

しばらく服を選んだ後、お仕事の邪魔にならなそうな時間を見計らって、お兄様に連絡することにした。リコリスをテーブルの上に乗せ、お兄様に繋《つな》いでもらう。

『やあメル、どうしたのかな？』

「お兄様、今お時間よろしいですか？」

『問題ないよ。ちょうど休憩を取ろうと思っていたからね』

元々休憩を取ろうと思っていたわけじゃなく、私が連絡したから休憩を取ることにした——かしら。先ほどのトーリの話では、そういうことだったわよね。

「お兄様。毎日しっかりと休憩を取ってくださいね。お兄様が倒れてしまったら悲しいです……」

『ちょっと休憩を取らなかっただけで倒れるようなやわな体ではないけど、メルに心配掛けたくないから、もっと休憩を取るようにするよ』

顔が見えないから本当に大丈夫なのか心配だけど、声は疲れているように聞こえないから問題ないかしら。

「良かった。それで、今日ご連絡したのは、その……出掛けるにあたって護衛の手配などしなければならないとトーリが言っていたので、お兄様に相談しなければと思いまして」

『ん？　出掛けるだけなら今いる護衛で事足りると思うけれど、トーリがそう言うということは、普段の外出とは何か違うのかな？』

「はい。実は、二週間後にある収穫祭というお祭りに誘われたのです、せっかくなので参加したいと思ったのですが、人が多い場所に行くのは護衛の問題があると聞きまして……駄目ですか？」

『……誘われた？　誰と行くか教えてくれる？』

誰かと出掛けると聞き、ほんの少しお兄様の声が低くなる。相手が誰か知らないから心配しているのよね。ルディさんに誘われたと聞けば、お兄様も安心してくれるはず。

「ルディさんです。今日コーヒーショップに行った時に、収穫祭に行ったことがないなら一緒に行こうと誘われました」

『あぁ……、彼か。メルはその収穫祭に行きたいんだね？』

「そうです。お祭りというものがどういうものなのか知りたいのと、とても楽しそうだなと思いまして」

『……そうか。彼は剣の腕も立つし、護衛の一人に数えても良さそうだ。それに……護衛を多く付けるから二人きりにはならないし、何か間違いが起こることもないだろう。平民に扮した護衛の数を増やしつつ、レンも街中で陰ながら守るように言っておくよ』

確かにルディさんは強いけれど、彼を護衛の一人として考えてしまっていいのだろうか。それにしても……

「間違い、ですか？」

『いや、メルは気にしなくていいよ。後のことはこちらで手配するから、メルはお祭りを楽しんでおいで』

「はい！　ありがとうございます。でも、ルディさんを護衛として考えるのはやめてくださいね。彼は、我が家で雇っている騎士ではないのですから」

『そうだね……では報酬を払って、当日は護衛として……』

「お兄様！　駄目です！　彼は友人として誘ってくれたのですから、そういうのはいけませんよ」

もう！　遊びに行くのに、ルディさんにお金を支払って護衛してもらおうと考えるなんて。お兄様ったら時々困ったことを考えるのよね。とはいえ、そのほとんどは私を心配してくれるからこそのことなのだけど。

『友人ね……。まぁ、さすがに遊びに行くのに仕事させてしまうのも悪いか。分かったよ。彼とは適度な距離を保ち、楽しんでおいで』

「適度な距離ですか？　平民の方達は距離が近そうなので、判断が難しいですが……」

『ん？　それは、どういうことかな？』

「いえ、アンナ嬢もマイガル伯爵令息達と距離が近かったですし、今日ルディさんに頭を撫でられたので、やはり私達とは距離の取り方が違うのだなと思いまして」

人と触れ合うなんて家族とくらいだったし、マイガル伯爵令息でさえエスコートで手を触れる程度で……抱擁されたこともあるけれど、婚約者だったものね。

『聖女殿は例外と思っていいよ。彼については……判断が難しいな』

「トーリがルディさんに鋭い視線を向けたので、すぐに手を離されましたが」

『あぁ、トーリがいるなら大丈夫だな。じゃ、羽目を外さないように、決して一人にならないように気を付けること』

「はい。分かりました。ありがとうございます」

『後はトーリと打ち合わせをするから、代わってくれるかな?』

「今呼んできますね」

少しは難色を示すかと思ったけれど、無事に許可がもらえて良かった。当日は、レンも平民の服を着て護衛に付くのよね。黒尽くめの服以外見たことがないから、どんな風になるのかとても気になる。

お兄様から護衛の手配が完了したと連絡が来たので、ルディさんに待ち合わせの時間を伝える。

昼と夜とではお祭りの雰囲気が違うということで、お昼少し前に会う約束をし、出店などで一緒に食べることにした。昼はお酒は出ないけれど、夜になると明かりが灯り、大人達だけでお酒を飲みながら楽しむのだそう。少し先のことだけど、今からウキウキしてきた。


祭り当日になり、リコリスを肩に乗せて森の入り口まで向かうと、トーリが私服で立っていた。

「トーリ、おはよう。あなたも今日は騎士服じゃないのね」

「さすがにお祭りとなりますと目立ってしまいますからね。夜になればお酒を飲まれる方もいますから、絡まれる事態になりかねませんので」

「そうなのね。……何というか、スタイルが良いわね」

上のシャツは白で、下は黒色の服が体のラインを引き立てているので、引き締まっているのがよく分かる。足の長さも際立っていた。

「あの……恐れ入ります？」

褒められ慣れていないのか、照れくさそうにそう言うトーリは少し可愛いなと思った。

レンはトーリと一緒にいるものと思っていたけれど、姿が見当たらない。

「今日は、レンもお祭りに行くのよね？　一緒ではないの？」

「レンは先に街へ向かっています。密かに護衛致しますので、何かない限りは姿を見ることはないと思います」

「そう……。それは残念だわ。いつもの服とは違った姿を見たかったのだけど」

常に黒尽くめで顔が布で覆われているから、普段の彼がどんな格好をするのか全く想像出来ない。

だから、今日はレンがどんな格好で現れるのか楽しみにしていたのに。

「その……私は朝方会いましたが……」

「どうして言い淀むのかしら？」

「いいえ、レンは顔が整っているので……お祭りで女性達に声を掛けられそうだなと思ったんです」

「そうなのね。女性から声を掛けるなんて、街の人は積極的なのね」

寡黙なレンが女性達にどんな対応をするのか気になるわ。冷たくあしらうのか、それとも……？

「それでは、メルティアナ様。向かいましょう」

「えぇ、今日も一日、よろしくね」

トーリのエスコートで馬車に乗りながら、一目でもレンの姿が見られると良いなと思った。

コーヒーショップに着くと、すでにドアの前にルディさんが立っているのが見えた。私は急いで馬車から降りる。

「お待たせしてしまってごめんなさい」

「いや、時間より早いから大丈夫。私が待ち切れなかっただけだから、気にしないで」

ふふっ。そんなにお祭りが楽しみだったなんて、ルディさんは子供みたいなところがあるのね。

「それでは、くれぐれもメルティアナ様から目を離さないようにお願い致します」

「えぇ、もちろん。責任を持って共に行動させていただきます。メル、今日は祭りを楽しもう。あ、そうだ。これを着けてくれるかな？」

「これは？」

手渡されたのは、白い花の髪飾りだった。大輪の花にレースがあしらわれていて、大人な感じがしつつも可愛らしい。

「収穫祭では、女性は花の髪飾りを着けることになっていてね。メルは清純な感じがするから……白い花がよく似合うと思って。男性は、一緒にお祭りに参加する女性とお揃いの花を胸ポケットに着けるんだ。ほら、大きさは違うけど同じ花でしょ？」

「本当だわ。そんな決まりがあるなんて、知りませんでした」

後ろにいるトーリを見ると、胸元には何も着けていない。一緒に参加する女性がいない場合はそれでいいのかしら。

「ルディさん。トーリは何も着けていないけど、お祭りに参加するのに問題はないのかしら？」

「あぁ、誰かと一緒に参加するわけではないのなら問題ないよ。ただ連れがいる場合は、私みたいに花を着けていると一目で相手がいるのが分かるから、変に絡まれることがないんだ」

「え？　それなら、トーリ達も何か花を着けた方がいいんじゃないかしら？　女性達に囲まれてしまっては、仕事にならないわよね？」

さすがにトーリも収穫祭の細かな風習までは調べていなかったようで、眉根を寄せている。

「確かに……。そこまで把握しておりませんでした。我々も何か花を着けたいと思います。ルディ殿、どこで買えるかご存じですか？」

「祭り会場の入り口のところに売っているから、好きなのを買うといいですよ」

会場の入り口に用意してあるのは親切で助かる。もしかしたら、買うのを忘れてしまっている人が毎年多いのかもしれない。

「でも……花を着けていても、長時間一人でいれば相手がいないと思われてしまうかもしれませんが」

ルディさんの言葉に、トーリが真剣な顔で頷く。

「……なるほど。そこまで見られていないと思いたいですね」

「とりあえず、我が家の護衛達は花を着けるということでまとまったのね」

「そうですね。今頃、誰かが花を買いに走っているはずですので、会場へ向かいましょう。私は少し距離を取りながらお二人の後ろから護衛致しますので、好きに楽しんでいただけたらと思います」

今の私達の会話を聞いて、すでに護衛の一人が花を買いに走っているとは……さすがね。仕事が早いわ。私のせいで今回は余計な労力を使わせることになってしまったし、後で護衛達にはお礼としてお酒でも渡しましょう。

「じゃ、行こうか。きっと、メルが食べたことないものや珍しいものがたくさんあるから楽しめると思うよ」

「それは楽しみです」

ルディさんに案内されながらお祭り会場へと向かう。入り口に近付くにつれて、賑やかな音が聞こえてくる。

お祭りが開かれる会場内では、多くの出店が立ち並んでいた。これ……お祭りのために用意されたのよね。お祭りが終わったら撤去することを考えると、とても大変な作業だ。この楽しそうな空間は、様々な人の協力により成り立っているのだと実感する。

「人が多くて驚いたかな？」

「ええ、そうですね。いつもの街並みとは違いますし、こんなにも多くの人が暮らしていたのかと驚きました」

「普段もそれなりに活気はあるけど、やっぱりお祭りとなると、多くの人が集まるからすごいよね」

喋《しゃべ》りながらも、ルディさんは私が人とぶつかりそうになると肩をそっと抱き寄せ、気遣ってくれる。

「ありがとうございます。少し肩がぶつかる程度であれば大丈夫ですので、気にし過ぎないでくださいね」

「まぁ、トーリさんに任せてくださいと言った手前、ちゃんとエスコートさせていただきますよ」

「ふふっ、分かりました。それにしても、先ほどからとても良い匂いがしていて、食欲をそそられます」

「もしかしたら、あのお肉を焼いている店のことかな？　あそこからタレとお肉の焼ける美味《おい》しそうな匂いが漂《ただよ》ってきているからね」

ルディさんが指を差したのは、串刺しになったお肉を網の上で焼いている出店だった。さっそくお店の前まで行き、売っているものを確認する。

大きさは二種類あり、男の人が食べても満足出来そうなほど大きなお肉が刺さった串焼きと、女性や子供が食べやすそうな小さめの串焼きがあった。

「メルは、小さいのがいいよね？」

「そうですね。大きいのだとそれだけでお腹がいっぱいになって、他のものが食べられなくなってしまいますから」

「確かに。私もメルと同じ小さい方にしておくよ。せっかくのお祭りだから、色んなものを食べないともったいない」

そう言いながら、ルディさんは「次はあっちの店に行くか」と呟《つぶや》き、辺りを見回している。私だけでなく、ルディさんもお祭りを楽しんでいるようで良かった。

「ルディさん、私、今日は自分の限界に挑戦したいです」

「メルの限界……あまり無理して食べ過ぎると、気分悪くなっちゃうからね」

「えぇ、調子に乗り過ぎないように気を付けます」

お店が多いので全てを食べることは難しいが、それでも出来るだけ頑張ってみたい。知らない食べ物がいっぱいあって、私の世界は小さかったのだと実感した。

「メルが調子に乗るっていうのがあまり想像出来ないけど、楽しんでくれるならそれで十分だよ。この串焼き……そのまま齧《かじ》るんだけど、大丈夫かな？」

「……そのまま齧《かじ》る？　小さく切ったりはしないのですか？」

「やっぱりそうだよね。ほら、周りを見てごらん。ああやって齧《かじ》って食べるんだよ。メルからしたら行儀が悪く見えちゃうかもしれないけど、これも祭りの醍醐味《だいごみ》だと思って、真似してみるのはどうかな？」

「まぁ、本当に皆さん、そのまま齧《かじ》り付くのですね」

周りを見ると、みんな立ったまま食べていたり、歩いてお店を眺めながら食べていたりと様々だった。少し勇気がいるけれど……これがお祭りでは普通なのであれば、私も同じように食べてみましょう。

「皆さんがやっていることならば、私もそれに倣《なら》います」

「良かった。食べながらお店を回ろうかと思ったけど、さすがに初めてのことばかりだと疲れちゃうから、そこに座ってゆっくり食べようか」

確かに、立ったまま食べるのは難しそうだわ。私はルディさんの提案に甘えることにし、近くのベンチへ座った。

「気を遣っていただき、ありがとうございます」

「これくらい、気を遣ったうちに入らないよ。それと……敬語はやめてもらえると嬉しい。ほら、護衛の彼と話している時みたいに、砕けた話し方にしてくれるかな？」

え？　急に敬語をなしに？　それは少し難しいわ……

「でも、ルディさんは年上ですし……」

「護衛の彼も年上に見えるけど？」

「トーリの場合は、主《あるじ》である私が護衛騎士の彼に敬語を使うのはおかしなことなので……」

トーリとルディさんでは立場が全然違うから、そもそも比べること自体がおかしい。

「それじゃ、少しずつでいいから変えてほしい」

私がなかなか譲らないからか、眉を下げて少し残念そうな表情をするルディさんを見て、意地を張り過ぎかもしれないと思った。こんなに良くしてもらっているのだから、私も出来るだけ歩み寄ってみようかしら。

「えっと、分かりました。急に変えるのは難しいので敬語が交ざったりしてしまうかもしれませんが、それでもいいですか？」

私が恐る恐る言うと、ルディさんは十分だというような笑みを浮かべて串焼きを一口齧《かじ》った。

「さぁ、食べて。冷えたら硬くなって、美味《おい》しさが半減してしまうからね」

「それは困りま……困るわね。いただきます」

小さめのお肉だけど、慣れていないせいで大きな口を開けて齧《かじ》ることが出来ないため、一つの塊を三口に分けて食べる。横に座ったルディさんはぱくりと一口で食べていて、男の人らしいなと思った。

串焼きはタレが甘辛く、お肉も柔らかくてとても美味《おい》しい。後でたくさん買って、マジックバッグに入れて持って帰りたい。

「メル、タレが付いているよ」

食べることに夢中になっていたからか、口元にタレが付いていることに気付かず、ルディさんがそっとハンカチで拭《ぬぐ》ってくれた。子供のようで恥ずかしいわ……。マナーの先生がいたら怒られていたわね。でも、お肉をカットして食べられないから仕方ないわ。

「ありがとう……あっ」

ルディさんの手元にあるハンカチをジッと見つめる。それは、私があげたものではなかった。気に入ってもらえなかったのかしら……と思っていると、私の視線に気付いたルディさんは少し気まずそうに頭をかいた。

「あー、気になる？　メルがくれたハンカチは、その……もったいなさ過ぎて……しまってあるんだ」

ハンカチは使うものなのに、もったいないの？　使わずにしまっておくことに、何の意味があるのかしら？

その疑問が、首を傾げる私の態度に出ていたのか、ルディさんが苦笑いをする。

「不思議そうな顔をしているね。メルがくれたハンカチは、嬉しかったんだよ？　ただ……ハンカチが上質過ぎて、普段使うのにはもったいないと感じるんだよね。どこかに正装して出掛ける時に、使うのがちょうど良いくらい」

「そうなのですね」

人によって使いやすさの感覚が違うのね。ルディさんに渡すものは、普段使いしてもらいやすいような生地にすれば良かった。お礼だからといって、上質な生地を使えばいいということではなかったわ。それなら木綿のハンカチを取り寄せて、刺繍《ししゅう》して渡そうかしら。それなら、普段使い出来るわよね。

「あの、ルディさん。よろしければ、普段使いしやすい生地のハンカチを贈ってもいいですか？」

「え？　嬉しいけど、メルが大変じゃ……」

「いえ、刺繍《ししゅう》は淑女の嗜《たしな》みとして習っていたので、そんなに大変なことではないの。だから、気にしないで？」

「……もらってもまた使えずにしまうことになりそう……」

「え？」

今度は、彼らが普段よく使う生地を選ぶから、そんなに大事にする必要はないのだけれど……ルディさんと私の価値観が違い過ぎるのかしら。

「今度は生地のランクを下げて普段使いしやすいものにするので、気軽に使えるはずだけど――」

「いや、生地とかそういうことではなくて……。メルが刺繍《ししゅう》してくれたハンカチは、どんなものでも汚したくないんだ」

「私の刺繍《ししゅう》はプロの方のとは比べ物にならないので、そこまで気にしなくてもいいのに」

「えっと……」

ん？　私が刺繍《ししゅう》をしたハンカチだから使いにくいということ？　よく分からないけれど、それならいっそのこと既製品を渡した方がお礼になるのかしら。

そんなことを考えていると、向こうからやって来た女性が声を掛けてきた。

「あれー!?　ルディ兄！　お昼からお祭りに参加していたんだね」

「リリーか」

声を掛けてきたのはルディさんの知り合いのようで、ふわふわの赤茶色の髪をサイドで編み込んでまとめている、私と同じくらいの歳の女性だった。その女性はルディさんの隣にいる私に気付き、尋ねる。

「ルディ兄、この方はどなた？」

「リリーの店や私の店に納品してくれている、メルティアナさんだよ」

「メルティアナ……あーっ、分かった！　うちに薬を納品してくれているお嬢様ね。喉飴を改良してくれてありがとー！　私、喉が弱くてすぐ咳が出ちゃうから、よくお世話になっているんです」

薬の納品……あぁ、薬屋の店主であるシーナさんの娘さんね。ということは、ルディさんの従妹に当たるはず。それで「ルディ兄」なのね。元気で可愛らしい方だわ。

リリーさんはシーナさんと同じ赤茶色の髪だけれど、ふくよかなシーナさんとは違い、ほっそりとした体形をしている。

「初めまして。メルティアナと申します。お母様のシーナさんには、お世話になっています」

「やだー、そんな畏《かしこ》まらないでよー！　私はリリーって言います。よろしくね」

元気に挨拶《あいさつ》をしてくれたリリーさんは、すぐにルディさんの方を向く。

「ルディ兄！　私、お友達とはぐれちゃったんだよね。だから一緒にお祭り回ってもいい？」

「は？」

「だってー、人多過ぎて友達捜すの大変だし。一人でお祭り参加しても面白くないでしょ？　だから、ね？　メルティアナさんもいいですよね？」

えっと、ここは何て返すのがいいのかしら。私はルディさんに誘ってもらった立場だから、ルディさんにお伺いを立てなくちゃ駄目よね。でも、リリーさんはルディさんの従妹なのだから問題ないのかしら？

どうしようかと悩み、私はルディさんの顔を窺《うかが》う。

「……リリー。悪いが、今日は一緒に回れない」

「どうして？　あっ、ルディ兄、その胸の花……」

リリーさんはルディさんの胸に飾られている花と私の髪飾りを交互に見て、悲しそうな顔をした。

こんな時、どう振る舞えばいいのだろうか。学園で友達がいなかった弊害が、ここで出てしまった。

「ルディさん。あの……リリーさんも一緒に回りませんか？　このまま一人でお祭りを回るのは寂しいでしょうし、女の子が一人でいるのも色々と心配ですし……」

「メル……」

「いいんですか!? よかったー！　メルティアナさんは優しいんですね」

喜びを露《あら》わにしたリリーさんは、私の手をぎゅっと握り締めてお礼を言った。急に触れられて驚いたけど、喜んでもらえたなら良かった。

「はぁー……。メルがそう言うなら仕方ないか。リリー、あくまでも友達と合流出来るまでだからな。今日はメルと約束していたんだから」

「分かってるよ」

ルディさんが下を向き大きく溜息を吐いて言うと、リリーさんは笑顔で返事をした。

二人は従兄妹だから問題ないかと思ったけれど、ルディさんの反応を見る限り、そうではなかったのかもしれない。余計なことをしてしまったかしら。

「それにしても……二人は愛称で呼ぶほど仲良しなのね」

「モカがそう呼んでいるから、私も同じように呼ばせてもらっているんだよ」

「ふーん……。メルティアナさんが髪に着けている白いお花、ルディ兄が用意したの？」

「あぁ」

「なんで……」

花の話をしていたかと思ったら、みるみるうちにリリーさんの瞳に薄い水の膜が張る。一体どうしたのかと声を掛けようとすると、リリーさんが私の花を指さし、「私もこれが欲しい」と言った。

「は？　リリー、何を言っているんだ？」

「だってー、すごく綺麗なんだもん。それ、ルディ兄の胸の花とお揃いでしょ？　いいなー！　私も欲しい！」

今度はどうしたらいいのかしら。これはルディさんからいただいたものだから、勝手にあげるわけにもいかないし……

「リリー、いい加減にしなさい！　これはメルのために用意したものだ。いつからそんな非常識なことを言うようになったんだ」

「そんなに怒らなくても……」

ルディさんが思いの外大きな声で叱ったからか、リリーさんはポツリと呟《つぶや》くと泣き出してしまった。泣くほどこの花が欲しかったなんて……それなら……

「ルディさん、ごめんなさい。このお花をリリーさんにあげてもいいかしら？　泣くほど欲しいなんて、よほど気に入ったということなのだと思うし……」

せっかくのお祭りだし、一緒に楽しく回れたら嬉しい。花をあげるだけで彼女の機嫌が直るのであれば、私は喜んで差し出そう。ただ、花を用意してくれたルディさんには本当に申し訳ないけれど。

駄目かしら？　とルディさんの方を見ると、彼は目を手で覆い下を向いて溜息を吐いていた。私の行動に呆れてしまったのかしら……

「どうしてこんなことに……でも、そうしないとメルが気にして祭りを楽しめそうにないから、今回はメルの言葉に甘えることにするよ」

「ルディさん、ありがとうございます」

「……いいんですか？」

リリーさんの表情が一気に明るくなる。「いいんですか？」と少し遠慮気味に聞いてきてはいたが、今にも飛び跳ねそうなほど喜んでいる雰囲気が伝わってきた。

「えぇ、もちろんです。それじゃ、着けてあげますね。はい、よく似合っていますよ」

「ありがとう！　嬉しい！」

彼女の機嫌が直ったところで、三人でお祭りを回ることにした。お店が多くて、どこに行こうか目移りしてしまう。

気になるお店を見つけて近寄ってみると、お花の形をした飴細工が五種類売られていた。見た目も可愛いし甘い香りがしてきて、とても美味《おい》しそう……。女性客が多いからか、サイズも小さく、コロンとしてとても可愛い。これは自分用にも多めに買っておきたいわね。

「メルはどれがいいかな？」

「あ、これは自分で買うので大丈夫です」

たくさん買い置きしておきたいのと、リコリスを作ってくれたアランさんの分も買いたいから、ルディさんに出してもらうわけにはいかない。

「これくらい、別に気にしないで？」

「いいえ、お客様が来た時にお出しする用に多めに買おうと思っているので、さすがに申し訳ないわ」

ルディさんと話していると、さっとトーリが側に来る。

「メルティアナ様。そちらのお会計は私が致します」

「……それは、私用に準備されている資金で、ということよね？」

「仰《おっしゃ》る通りです」

以前お菓子を買う時、伯爵家で用意した私用の資金からトーリが会計をしたけど、いいのかしら？　……うーん、悩ましいけれど、いつも通り任せてしまいましょう。

「分かったわ。じゃ、五種類それぞれ一ダースずつ買ってもらえるかしら？」

「畏《かしこ》まりました」

私とトーリのやりとりを見ていたルディさんが、「それなら、今メルが食べる分は私に買わせてくれないか？」と言う。

「承知しました。では、ルディ殿にその分はお任せします」

「良かった」

あら、私の意見を聞かずにトーリが答えてしまったわ。

「ちょっとー！　私の分は？　それに、彼は誰!!　急に現れたよね」

そうね、リリーさんはトーリと初対面だし、急に現れたら驚いてしまうわね。

「彼は、私の護衛をしてくれている人なんです」

「護衛……メルティアナさんって、見るからにいいところのお嬢様って感じだもんね。何か納得」

リリーさんの言葉で、私はあることに気付いた。

この先平民になったとしても、そう見られるのかしら。それは……ちょっと困るわね。平民らしく見えるには、どうすればいいのかしら。服装は街娘っぽい感じにしてはいるけれど……

「列に並んでいるから、メルとリリーはそこの噴水のところで待っていてくれるかな？」

「分かりました。よろしくお願いします」

「はーい！　待っているね」

リリーさんと噴水の縁に腰掛けて、最後尾に並ぶトーリとルディさんを見つめる。

あの女性達の中に若い男性が二人……浮いているわね。女性達の視線を浴びて、少し居心地が悪そうだわ。そんな風に二人を面白おかしく眺めていると、リリーさんが声を掛けてきた。

「メルティアナさんって、ルディ兄と付き合い長いんですか？　今まで聞いたことなかったけど」

「いえ、以前危ないところを助けていただいた縁で今日お誘いいただきましたが、知り合ってまだ一月《ひとつき》ちょっとですね」

「一月《ひとつき》ちょっとね……。出会って間もないのに……」

「……？」

どうしてだか、リリーさんは少ししょげてしまっているみたい。友達同士って、こういう時なんて声を掛けるのかしら。

どうしたものかと悩んでいると、視界の端に赤い髪が見えた。ラルフ……？　いえ、こんなところにいるわけがないわ。でも、後ろ姿がとても似ていたし、髪色も……

「リリーさん。ちょっと知り合いを見つけたから、行ってきます。ルディさんには、すぐに戻ると伝えてください」

「えっ？　あ、ちょっと！」

人が多くて見失いそうなので、戸惑うリリーさんをそのままに急いで追いかける。でも……追いかけてどうするの。今更会って何を話すというのか……。そうは思っても、追わずにはいられなかった。

幼馴染《おさななじみ》のラルフ。家族以外で一番親しくしていた人だっただけに、裏切られた時はショックで、彼の顔を見るのも嫌だった。でも、何も話をせずに護衛から外し、学園卒業後はここに逃げるように来てしまった。本当にそれで良かったのだろうか。もしあの人がラルフならば……きちんと話をするべきではないのか。

そんなことを考えながら急いで走るけれど、人が多くて思うように進めず、何度も人にぶつかってしまう。

「あっ、ごめんなさい。急いでいて……」

この言葉を何度言っただろうか。なかなか前に進めない中、彼の後ろ姿がどんどんと遠ざかって行く。待って……！

とうとう見失ってしまった。仕方ない、戻ってルディさん達と合流しようと思い、振り返る。

……あら？　どちらから来たんだったかしら。いつも護衛付きで馬車移動していたから、自分がどこにいるのかよく分からない。これが……方向音痴というものなのだろうか。

ひとまず、みんなのもとへ戻らないといけないから、人に聞くしかないわね。目の前にいる男女に話しかけようとしたところで、斜め前にいる男性と目が合った。彼は私に微笑むと声を掛けてきた。

「君、花を着けていないし、一人でいるってことは、連れはいないんだよね?」

「え? いえ、お友達と一緒に来ています」

「またまたー。じゃ、そのお友達はどこにいるの?」

初対面なのに随分と馴れ馴れしい話し方をするのね。友達と来ていると言っているのに、何故疑われなければならないのかしら。

「飴細工を売っているお店で待っているのですが、その……場所が分からなくなってしまって、お店までどう行くか知っていますか?」

「はぐれちゃったわけか。俺が連れてってあげようか?」

男性はそう言うけれど、彼の下品なにやけ顔に何故か鳥肌が立ち、腕を摩《さす》る。

こういう時は結界を張った方がいいのかしら。一人で行動したのは良くなかったわね。この人ごみの中で急に走ったから、護衛達もすぐに追いつけないはず。せっかく護衛の手配をしてくれたお兄様に申し訳ないわ。

「いえ、そこまでご迷惑をお掛けするわけにはいかないので、行き方だけ教えていただければ大丈夫です」

「そう言わずにさ。ほら」

男性が私の手を引こうとしたので、反射的に一歩下がって避けてしまった。知らない人と手を繋《つな》ぐなんて無理だわ。

私が嫌がったのが伝わったのか、肩にいたリコリスが今にも飛びかかりそうな体勢を取る。

「リコリス、駄目よ」

さすがにこんな人が多い場所で、リコリスが男性を毒で麻痺させてしまったら、大騒ぎになってしまう。とりあえず私の周りに結界を張って、触れられないようにするしか……

男性が一歩近付き、また私の手を取ろうとしたので、結界を張ろうとした瞬間、後ろから誰かに引き寄せられる。

「メル、見つけた。一人になったら駄目だろ？」

聞き慣れた声に見上げると……レンの濃い赤い瞳が心配そうに私を見下ろしていた。美しい白髪がサラリと私のすぐ近くで流れる。

いつもは顔を隠しているのに、目の前にいるレンは素顔を晒《さら》していた。そのことに驚き、つい声が出そうになるが、貴族令嬢として過ごした日々のおかげで平静を装《よそお》うことが出来た。

「レン……ごめんなさい」

「さて、これはどういう状況かな？　この子は私の連れだけど？」

「い、いや、困っていたから助けてやろうかなって思ってさ。連れと合流出来たなら良かったな。俺はもう行くわ。じゃーな」

そう言うと、男性は逃げるように去っていった。

「お嬢様。先ほどは、馴れ馴れしい呼び方をしてしまい申し訳ありませんでした。あの場合、親しげに接した方が良いと判断しました」

「構わないわ。それにしても……あなたの私服はおしゃれなのね」

シャツとズボンは黒なのに、ジャケットだけワインレッドで胸には黒バラ……。護衛全員が黒バラってことはないわよね。トーリは違う花を着けていたはず。

「人が多いので端に寄りましょうか」

「えぇ」

レンは私を守るように腰を抱き、人とぶつからないように脇道まで連れていってくれた。

「それでは、お嬢様。どうして一人でいたのか、ご説明いただいても？」

言葉は優しいのに、背の高い彼から見下ろされると叱られた子供のような気持ちになってしまう。

悪いのは私だからお叱りは受けないといけないわね……。結界が張れるから、多少のことであれば身を守れると自分の力を過信して一人で行動したのは間違いだったわ。

「あの、ラルフの後ろ姿を見た気がして、話が出来ないかとつい追いかけてしまって――」

「……彼はフェルナンド様のもとにいるのですよ」

レンは少し考えるようにした後、ラルフはここにはいないと言った。本当に彼ではなかったの？とてもよく似ていたのに、何年も側にいた彼を間違えるはずは……

「そうよね……でも、似ていたのよ」

「そうだとしても、せめてトーリに一言声を掛けてから行くべきです。いきなり走り出してはいけません。いくら我々が注意を払っていても、この人混みではすぐに後を追うことも出来ませんので」

「ごめんなさい。でも、防御魔法が使えるし、リコリスもいるからと思って」

「防御魔法を過信してはいけません。それに、リコリスがいたとしても、護衛から離れていいわけではないのですよ。お嬢様に何かあれば、悔やんでも悔やみきれません」

「それは……そこまで考えていなかったわ」

後で合流すればいいとだけ考えていたから、彼らのことについてそこまで考えが及ばなかった。

これからは、軽率な行動はしないように気を付けないと。

「それと、私が着けていたもので少し小さいですが、何もないよりはいいでしょう」

そう言うと、レンは胸に着けていた黒バラを私の髪に挿《さ》した。そういえば、先ほど花を着けていなかったから連れがいないと思われたのだ。花の重要性を痛感し、それをリリーさんにあげてしまったのは失敗だったかもしれないと思った。

「プラチナブロンドの髪がよく映えますね」

「ありがとう。でも、これだとレンが何もなくなってしまったわ」

「私が花を着けるよりも、お嬢様が着けていることの方が重要です。さぁ、戻りましょう。今頃トーリも心配していますよ」

「戻ったらみんなに謝らないといけないわね」

また突然走り出すことを警戒しているのか、レンは私の腰を抱いて飴細工のお店まで戻る。こんなに密着して歩くことなんてないから、何だか恥ずかしいわね。あまりの近さに顔を上げることが出来ずに俯《うつむ》きながら歩いていると、一人の女性が声を掛けてきた。

「あら、いい男。お嬢ちゃんの子守をしているの？」

お嬢ちゃんの子守……？　もしかして、私のこと？　子守をされる年齢ではないのに。レンは私と歳が四つ離れていると聞いたけれど、そこまで私が幼く見えることはないと思うわ。もう十六歳で成人しているのよ。

レンはその女性の問いに答えることなく通り過ぎようとしたけれど、女性が前に立ち塞がった。

「あらあら、酷いじゃない。お嬢ちゃんの子守より私とお祭りを楽しまない？」

「……見て分からないのか？　彼女と楽しんでいるところだ」

「でもあなた、胸にお揃いの花を着けていないじゃない。二人は何でもないんでしょ？」

「花はこの人混みで落としてしまっただけだ。失礼なことを言わないでもらいたいな。子守ではなく、俺が好きで彼女と一緒にいるんだよ」

レンはそう言うと、私を引き寄せて体を密着させ、額《ひたい》に口付けを落とした。え？　今……口付けされたの？　えっと、でもこれはこの女性を躱《かわ》すためのものであって、特に深い意味はないはず……

「これで分かったかな？　君は邪魔な存在だって。無粋な真似はやめてほしい」

「なっ……勝手にすれば！　私みたいないい女を袖にして、後悔しても知らないんだから！」

彼女は捨て台詞《ぜりふ》を吐いていってしまった。嵐のような人だったわね……。あまりの出来事に、額《ひたい》に

口付けをされた恥ずかしさは消え去っていた。

「お嬢様。またしても勝手な真似をして申し訳ございません」

「……いいえ。分かっているから大丈夫よ。レンが私に花を譲ってくれたせいで絡まれることになったんだもの」

「私が絡まれるのはどうでもいいのです。お嬢様が良からぬ輩《やから》に絡まれる方が問題ですからね。ですが……先ほどのあれは、行き過ぎた行為だったのではと……」

えっと、額《ひたい》に口付けたことよね。う……思い出すと顔に熱が集まってしまう。駄目だわ。深呼吸をして気持ちを落ち着かせなきゃ。

「レンは気にしなくていいわよ。ああするより他になかったと、私も思うもの」

大事《おおごと》にならずに場を収めるためには、恋人っぽい感じを演出する必要があった。それが……額《ひたい》に口付けで済むのなら可愛いものなのよね、きっと。

それから、ルディさん達が待っているお店の近くまで戻ると、すぐにトーリが気付き、駆け寄ってくる。

「メルティアナ様！　お怪我はありませんか？」

トーリは私に怪我がないか、全身を確認している。その額《ひたい》には汗が滲《にじ》んでいた。捜し回らせてしまったわよね。私に何かあれば彼の責任になってしまうし……申し訳ない気持ちでいっぱいだわ。

「ええ、大丈夫よ。心配掛けてごめんなさい」

「本当に……急に駆け出したりなさってはいけません。この人混みでは、すぐには追えないのですから」

「先ほどレンにも同じことを言われたわ。みんなのことを考えずに行動して、本当にごめんなさい」

「そうですか。すでにレンから話をされているのなら、私もこれ以上申し上げません。せっかくのお祭りですからね。しかし、今日はもう一人で勝手な行動はしないと約束していただきたい」

「分かったわ。絶対に一人で行動しないいし、何かある時はトーリに必ず声を掛けるわ」

トーリからも軽くお説教されたけど、お祭りはまだ続いているんだもの。最後まで楽しまないとね。私とトーリの話が終わった後、ルディさんが声を掛けてきた。

「メル、無事で良かった。私が誘った祭りで、メルに何かあったらと思うと……」

トーリ達だけでなく、ルディさんにも迷惑を掛けてしまった。先ほどより顔色も悪い。どれだけのことをしてしまったのか、自分の行動を反省するばかりだ。

「勝手な行動を取ってごめんなさい。せっかくお祭りに誘ってくれたのに、私のせいで迷惑を掛けてしまいましたよね……。今からでも一緒に楽しめるかしら？」

「もちろんだよ。夜の部はこれからだからね。一緒に楽しもう。……あれ？　メル、その花は？」

「これは、レンが――私の護衛が胸に着けていた花を私にくれたんです。私が花を着けていないと心配だからって」

花を着けていないと絡まれる危険があると分かったし、花を着けてからはレンに絡んできた女性以外は何事も起きていない。まぁ、花だけでなく、レンが側にいたから絡まれずに済んだというのもあるかもしれないけれど。

「そう……彼が……。私があげた花はリリーが着けているからね。我儘《わがまま》な従妹でごめん」

「リリーさんは、ルディさんが大好きなのね。私もよくお兄様に我儘《わがまま》を言うから分かります。つい甘えてしまって」

「メルが妹なんて、お兄さんは幸せ者だね。リリーは少し兄離れをした方がいいと思うけど」

「私も兄離れ出来ていないから同じですよ?」

「メルの我儘《わがまま》なら何でも聞いてあげたいね。それじゃ、行こうか」

「はい」

私とルディさんが歩き出すと、少し離れたところで出店を見ていたリリーさんも合流した。その時、トーリから待ったが入った。

「メルティアナ様。一つ提案させていただきたいのですが」

「トーリ、どうしたの?」

「先ほどのこともありますし、近くに護衛がいた方が良いかと存じます。レンを護衛として側に置いていただけないでしょうか」

「え?　そうね……どうしようかしら」

トーリが言いたいことも分かる。でも、側に護衛がいるとルディさん達が気を遣って楽しめなくなるのではないかしら。困ったわね。

どうしたものかと悩んでいると、ルディさんが口を開いた。

「リリーも付いてきちゃっているし、断る理由はないよ。メルの安全を考えれば、レンさん……だっけ？　彼も一緒に行動した方がいいしね。私は構わないよ」

「ありがとうございます。じゃあ、レン。まずは、お嬢様呼びはやめてもらえるかしら？　さすがにその呼び方は目立つと思うのよね。お祭りの間だけでも、先ほどのようにメルと呼んでくれる？」

「畏《かしこ》まりました。お嬢……メル」

先ほどは違和感なくすんなり名前で呼んでいたというのに、今は少し言いづらそうにしている。不思議だわ。

「ねぇ、今まで黙って見ていたけど、彼は誰なの!?」

リリーさんがもう我慢出来ないといった様子で尋ねてきた。しばらく行動を共にするわけだから、紹介しなくては。

「彼も私の護衛の一人で、レンと言って――」

「メルティアナさんって、一体何人の護衛がいるの!?」

え？　そういえば何人だろう。この前の襲撃の時には五人って聞いたけれど、その後増やしたようだし、今回のお祭りでさらに手配したから……五人よりもっと多いのよね。

私は窺《うかが》うようにトーリに視線を向けると、彼は静かに首を横に振った。周囲に知らせる必要がない情報ということね。

「多分五人くらいかしら。でも姿は見せないので、気にしなくても大丈夫ですよ？」

「確かに、言われないと気付かない……。あと、メルティアナさんの護衛って男前しかいないんですか？」

「え……？」

そう言われ、護衛の顔を思い浮かべる。トーリも派手さはないけれど目鼻立ちが整っていて、優しげな雰囲気の男前よね。レンは誰が見ても美形だし、以前護衛をしてくれていたラルフも凛々《りり》しい男前だった。お兄様が採用しているから、顔じゃなくて確実に腕だと思うけれど……

「メルティアナ様の護衛に付く者は腕の立つ者だけです。厳選されております」

私の代わりにトーリが答えてくれた。やっぱり、そうよね。お兄様がそんな適当な理由で選ぶはずがないもの。

それからは四人でお祭りを回っていたけれど、いつまで経ってもリリーさんのお友達と遭遇することはなかった。そろそろ夕方の部が始まろうとしているのに……

「リリー。友達はどの辺にいそうかも分からないのか？」

「んー……。朝早くからお祭りに参加していたし、もしかしたらもう帰っちゃったかもしれない」

え⁉　リリーさんを置いて帰ってしまうなんてことがあるの？

「一緒に来ていたんだから、今もリリーを捜しているんじゃないのか？　さすがに置いて帰ったりしないだろう？」

「ううん。彼女達はお酒が飲めないから、夕方の部には参加しない予定だったの。だから、はぐれた場合も各自お祭りを楽しんで、時間になったら帰っていいってことにしていたの。私は夕方の部も参加したかったから……」

なるほど。それなら、もうリリーさんのお友達は帰っている可能性が高い。

「一人で夕方からも参加するつもりだったのか？　成人しているとはいえ、お酒を飲んでいる人ばかりの中で、単独行動するのは危ないだろう」

「そうなんだけど……。でも、ほら、今はルディ兄達と一緒に行動しているから、大丈夫でしょ？」

どうしても駄目なの？　とルディさんの袖を掴《つか》みながら甘えるリリーさんからは、彼のことが大好きだという気持ちが伝わってくる。

大好きなお兄さんと一緒に回りたいのよね。私もお兄様がここにいたら同じようにしていたかもしれないわ。

「夕方の部も付いてくる気か」

「だって、一人で行動してたら危ないんでしょ？　それに夕方の部にはルディ兄参加してそうだなって思っていたから、一緒に回りたかったんだもの」

「昼の部で十分一緒に行動を共にしたんだから、もういいだろ？　夕方の部が始まる前に帰りなさい」

「え!?　やだよ、夕方の部も四人で回ろうよー。四人なら安心して楽しめるし」

「リリー、いい加減にしなさい！」

ルディさんは冷ややかな視線をリリーさんに送りながら、語気を強めた。穏やかそうなルディさんもこんな風に怒るのね……。当初の予定が色々と変更になったことに怒っているのだろうか。

「メルティアナさんも、私が夕方の部も一緒に行動するのは嫌ですか？」

えっ、そんなうるうるした目で見つめないで……困ったわ。ルディさんは、私と約束しているからリリーさんには駄目って言ったのよね。それなら、それに従った方がいいわよね。

「リリーさん……ごめんなさい」

「メルティアナさんまで……まさか、メルティアナさんも？」

「え……？」

どういう意味かしら？　ルディさんと同じ意見かどうかということが聞きたいの？

「えぇ、私も同じなんです。分かってくれますか？」

「そんな……私、今日はもう帰るね。ルディ兄、今日は邪魔してごめんね。少しでも一緒に回れて楽しかったよ。じゃ、またね」

リリーさんはいきなり走り出し、人混みの中に消えていった。あんなにごねていたのに、こんなにあっさり？　私はあっけにとられてしまった。

「あの……私、何かおかしなことを言ってしまったかしら……」

「いや、メルは悪くないよ。元々リリーが強引過ぎたんだ。私がしっかり言い聞かせられれば良かったんだけどね」

ルディさんも従妹にはあまりきつく当たりたくなかったわよね。あんなに懐いているんだもの、きっとこれまでモカさんとリリーさんと三人で仲良く過ごしてきたのだと思う。ただ、今日は私と約束していたから、今までと同じようにはいかなかっただけで。

「さっ、もう少ししたら夕方の部が始まって、お酒が出始めるけど……メルは、お酒は飲めるのかな？」

「実は、お酒はまだ飲んだことがないんです。だから、飲みやすそうなお酒があれば教えてもらいたいわ」

お兄様達は未だに私を子供扱いしているのか、お酒については一言も触れない。まぁ、私も飲んでみたいと言ったことがないから、興味がないと思われているのかもしれないけれど。

「分かった。メルの初めての飲酒を一緒に楽しむことが出来て嬉しいよ」

「飲み過ぎると良くないと聞くから、少量ずつ飲んでみたいと思っているのだけど」

「任せて。毎年参加しているから、どんなお酒が出るのかも把握しているしね。メルが飲めそうなお酒もいくつか教えられるよ」

ルディさんは二十一歳だとトーリが言っていたから、成人してからもう五年も経つ。彼に任せれば美味《おい》しいお酒をいただくことが出来そうだ。

「ふふっ、楽しみだわ」

「メル、分かっているとは思いますが、お酒は程々にお願い致します。それと、どこか店に入っていただけませんか？　メルの安全のためにも」

レンが控えめながらもはっきりとした口調で言う。

私が初めてのお酒に浮かれて羽目を外さないか心配なのね。私も、さすがにお酒を飲み過ぎて醜態を晒《さら》すようなことはしたくないもの。

「そうね。初めて飲むから気を付けないといけないわね」

「レンさん。あまり度数の高くないお酒をすすめるので大丈夫ですよ。店も良いところを知っているので、そこに入りましょう」

「……くれぐれもお嬢様をよろしくお願い致します。店に着きましたら、私は近くの席に座りますので、お二人でお楽しみください」

ルディさんに念押しするようにレンは言う。店にいる方が入り口や裏口に護衛を立たせられるので、護衛しやすい。昼の部のように歩き回っているよりは、仕事がやりやすくなるわね。

お店に向かう前に、ルディさんからお花を買い直したいと提案があり、入り口まで戻った。そこで青バラの髪飾りを購入してもらい、髪に着けてお店に入る。

「この店、日中は果物を売っているんだけど、お祭りの時だけ果実酒を販売していてね。メルには、ここの果実酒が良いんじゃないかなって思って、目星をつけておいたんだよ」

「果実酒……果物のお酒ということは、甘いのかしら？」

「そうだね。とろみがあって甘くて、そのまま飲んでも水で割って飲んでも美味《おい》しいから、試飲して好みの飲み方を見つけるといいよ」

果物屋さんの果実酒が美味《おい》しくないわけがない。

注文するため私はカウンターに行き、さっそくメニューを確認した。果実酒ってこんなに種類があるのね。どれがいいのか選べないわ。

「試飲が出来るのはありがたいですね。でも、種類が多くてどれがいいのか……」

「なら、梅酒なんてどうかな？　甘くて女性もよく飲んでいる印象があるから。私もたまに飲むよ」

「じゃ、それをいただきます」

私が頷くと、ルディさんはお店の人に三種類の試飲を頼んでくれた。お酒に氷を入れて飲むロック、水割り、炭酸割りというのが主な飲み方みたい。

それぞれ一口ずつ飲んでみて、私はロックが美味《おい》しいと感じた。このままぐいぐいと飲んでしまいそうな飲みやすさだ。初めてのお酒だけど、結構普通に飲めるのね。もしかしたら、私……お酒が強いのかもしれない。それなら家でも夜飲んだりして、少し大人な時間を楽しめるんじゃないかしら。だって、私、成人してるんだもの。

「ルディさん。このロックというものが気に入ったので、一杯いただきたいのだけど」

「お、メルはロックが気に入ったんだね。私も飲む時はいつもロックなんだよ。好みが同じで嬉しいな」

カウンターで試飲をして気に入ったお酒があった場合は、席に座ってゆっくりと楽しむらしい。テーブル席とカウンター席があるが、普段とは違う雰囲気を味わいたかったので、カウンター席をお願いした。

一杯飲み終わった時には、何かふわふわとした気持ち良さを感じた。お酒って美味《おい》しいし、楽しい気分になるのね。

「メル……顔が赤いけど、大丈夫かな？」

「え？　赤いかしら？」

頬に手を添えてみると、いつもより熱く感じる。お酒を飲むと体が火照《ほて》り、顔が赤くなるのね。

これも学びだわ。

「自覚症状はなさそうだけど……。多分、酔っていると思うよ」

「私、酔っているの？」

「うーん……メル、これを持ってみてくれる？」

そう言われて、ルディさんが注文したばかりのお酒を手渡される。持てばいいだけなのかしら？

よく分からないけど……。渡されたグラスを持とうとしたところで、スリルと手をすり抜けて落ちそうになる。すんでのところでルディさんがグラスを掴《つか》んでくれたので、割れることはなかった。

「あれ……？　手に力が……」

「ね？　言った通りでしょ。メルはお酒に弱いみたいだ。一杯で酔っているね」

「まさか……たった一杯で？」

「まぁ、ロックで飲んだからっていうこともあるかもしれないけどね。次からは、水か炭酸で割って飲む方がいいんじゃないかな」

「そう……。試飲ではロックが一番美味《おい》しかったけど、仕方がないですね」

「手に力が入りにくいみたいだけど……心配だから、念のため酔いの程度を確認しておこう。ちょっと立ってみてくれる？」

「え？」

「ふらついたりしないか、確認したくてね」

一杯飲んだだけで、そんなになるものなのかしら。言われた通りに席から立とうとしたら、足に力が入らず崩れ落ちそうになった。咄嗟《とっさ》にルディさんが抱き抱えてくれる。

「あー……、これは大分お酒が回っているね」

「あの……私かなり酔っているのかしら」

「そうだね。お酒はもうやめようか。このまま家まで送ってあげるよ」

そう言うと、ルディさんは会計を済ませて私を横抱きにし、店を出る。誰かが付いてくる気配がするけれど、きっとレンやトーリ達だろう。

「せっかくのお祭りだったのに迷惑を掛けてしまって、ごめんなさい」

もっとルディさんとお酒を楽しむ予定だったのに、こんなに早く帰ることになって申し訳ない。

「気にしなくていいよ。お酒はいつでも飲めるからね。こんなメルを見ることが出来たし、楽しかったよ」

「……楽しんでもらえたのなら良かったです」

ルディさんに抱えられながら馬車乗り場へ移動する。その心地よい振動に、次第と瞼《まぶた》が重くなる。寝ちゃ駄目だと思うのに、目を開けていることが出来ない。

「メル、眠いのなら我慢せずに寝ていいから。ちゃんと家まで送り届けてあげるし、メルの護衛達もいるから安心していいよ」

「でも……」

「いいから。お酒を飲むと眠くなるのは普通のことだからね。さぁ、お休み」

ルディさんの優しい声に、意識が遠のいていった。

間章　愛しい君にお休みを（ルディ視点）

安心して私の腕の中で眠っているメルを見ていると、胸がいっぱいになる。今日一日一緒にいられて、本当に楽しかった。途中でリリーが割り込んできてどうしたものかと思っていたが、最終的には二人でお酒を飲んで過ごすことが出来て、最高の収穫祭になった。

まだメルと離れたくなくて、馬車乗り場に近付くにつれて足が重くなっていく。

「ルディ殿。今日はありがとうございました。メルティアナ様は、こちらでお預かり致します」

「トーリさん。……家まで送りたいのですが」

ここでさよならするのはまだ早い。せめて家まで送らせてもらえないだろうか。そうすればもう少し一緒にいられる。

「メルティアナ様の家の周辺には結界が張ってありますので、ルディ殿は入ることが出来ません」

「……」

メルが張ったという結界……私はまだ彼女の世界には入れないんだね。それが今の私達の距離。それをこれから縮めていくことは出来るのだろうか。

「メルティアナ様は私とレンで連れ帰りますので、レンと交代していただけますか？」

「……分かりました」

メルを起こさないように、レンさんにそっと手渡す。離れていく温もりに寂しさを感じ、これくらいは許されるだろうかと、眠っているメルの頬に軽く触れる程度の口付けを落とす。

「メル。いい夢を……」

「ルディ殿。それは少し行き過ぎた行為では――」

「親愛の印だと思ってもらえますか。でも、私はデートだと思っていたので、最後までその気分に浸りたかったんです」

彼らの前でこんなことをするなんて、お酒を飲んで気が大きくなっていたのかもしれない。トーリさんの鋭い眼差しに、親愛などと誤魔化すように答えてしまったけれど。

「しかし、メルティアナ様は……」

「分かっていますよ。メルは私の気持ちには何も気付いてないですし。今のは見なかったことにしてください」

「……分かりました。あなたみたいな人は今まで何人も見てきていますからね。それでは、メルティアナ様が風邪を引かれるといけませんので、これで失礼します」

「メルに楽しかったと伝えてください」

「はい。メルティアナ様も楽しそうにされていたので、我々からもお礼を言わせていただきたい。誘ってくださり、ありがとうございました」

馬車に乗り込む三人を静かに見送る。いつかは、私もメルの家を訪ねることが出来るのだろうか。

間章　最愛の主《あるじ》（レン視点）

眠りについているお嬢様を見て心が温かくなりながらも、先ほどルディ殿の唇が触れた頬をハンカチでそっと拭《ぬぐ》う。

「レン……君もか……」

「……」

呆れたようなトーリの視線から逃げるように窓の外を眺める。トーリが言いたいことは分かっている。ルディ殿と同じ想いをお嬢様に抱いているのか、影ともあろうものが主人に懸想するのか、と。

「どうして皆、想いを秘めるのか……。メルティアナ様には、言葉にしなければ何も伝わらないというのに……」

お嬢様が在学中に関わったあの三人は、想いを口にしなかったことによって悲劇を迎えた。私もそう思うが、今回に限っては想いを秘めるのは当然のこと。私はお嬢様の影なのだから。私の想いは主人を煩《わずら》わせるだけのものなのだから。

「……言ったところでどうなる。私は、ただお嬢様に仕えるのみ」

「主従関係を気にしているのであれば、そこは考えなくていいのかもしれない。メルティアナ様は貴族籍を抜けるつもりでいらっしゃるから」

「貴族籍を抜ける……平民として、このまま森で暮らすというのか？」

「そのつもりだと聞いている」

「……」

「だから、相手は平民だとしても、メルティアナ様が恋に落ちれば問題ない」

トーリは私をけしかけているのか？　私がお嬢様を幸せにするなどと……陰ながら守ることしか出来ない私が？

存在を知られることもなく、日々見守り続けて数年。お嬢様の色んな表情を見ているうちに、少しずつ自分の中で育っていった感情。主人に向けるべきではないこの感情は、ただ胸に秘めておくつもりだった。それなのに、お嬢様は平民として暮らしていくおつもりだなんて……希望を持ってもいいのだろうか。

◆◆◆

朝起きると、体が重く感じた。昨日はどうしたのかしら。確か、ルディさんとお酒を飲んで……？

体を見ると、昨日着ていた服のままだった。いつ寝たのかもよく覚えていない。

お酒ってすごいのね。世の中の大人は、本当にこれを毎晩のように飲んでいるの？

「お嬢様。お目覚めですか？」

扉の向こうから、レンの声がした。

「レン？　あなたが家にいるなんて珍しいわね。……私がお酒を飲んだことと関係が？」

「はい。メルティアナ様に何かあっては大変なので、部屋の外で待機しておりました」

それは悪いことをしたわね。扉を挟むと会話しづらいけれど、さすがにこの寝起きの姿を見せるわけにもいかない。

「悪いのだけど、お湯を浴びて着替えてくるから、しばらくお茶でも飲んで待っていてもらえるかしら？　昨日のことを聞きたいの」

「畏《かしこ》まりました。水差しをサイドテーブルに置いてありますので、お飲みください。今日は水分を多めに取ることをおすすめします」

「分かったわ。ありがとう」

お酒を飲んだ後だから、水分を取った方がいいということかしら。お酒を飲むって、色々気にしなければいけないのね。

お水を飲み、お湯を浴びてすっきりした後、ワンピースに袖を通してレンのもとへ向かった。

「レン、待たせてしまったわね」

「いいえ、問題ありません」

「それで……昨日はどうだったか聞いても？　ルディさんとお酒を飲んでいたところまでは覚えているのだけど……」

いつルディさんと別れたのか、どうやって家まで帰って来たのかなどさっぱり記憶にない。

「そうでしたか。昨日はお酒をいっぱい飲まれて酔いが回られたようで、ルディ殿に抱えられて馬車乗り場まで行かれました。その際に、お嬢様は寝てしまわれました」

ルディさんに馬車まで運ばせた上、お別れの挨拶《あいさつ》もせず眠っていたなんて……なんて失礼なことをしてしまったのかしら。

「まぁ、ルディさんには迷惑を掛けてしまったのね。せっかくお祭りを楽しむために誘ってくれたのに……」

「いえ、ルディ殿も楽しんでおられましたので、気になさらなくてよろしいかと。お嬢様に楽しかったと伝えてほしいと伝言を預かっております」

「そう……。それなら良かったわ。最後、ちゃんと挨拶《あいさつ》出来なかったのは申し訳なかったわね」

ルディさんは優しいから、私を気遣ってそう言付けてくれたのね。またお礼の品を考えないといけないわ。ハンカチは別の生地のものを作るとすでに約束しているから、何か他に喜んでもらえるものはないかしら。

「そういえば、誰がベッドに寝かせてくれたのかしら？」

「馬車乗り場でルディ殿から私がお嬢様をお引き受けしましたので、そのまま馬車に乗り、トーリと共に部屋に入らせていただきました。その……さすがに着替えは出来ませんでしたので、そのままで申し訳ございません」

普段無表情なレンが申し訳なさそうに眉を下げたが、メイドでもないレンに着替えをさせようなんてさすがに考えていない。

「馬車乗り場からずっとレンが抱えてくれていたのね。大変なことをさせてしまって、ごめんなさいね。今後はお酒は控えるから、迷惑を掛けないわ」

「お嬢様は軽いので全く負担にはなりません。気になさる必要はありません。お酒は……飲みたいと仰《おっしゃ》るのであれば、私かトーリが側で控えている時に少量にしていただければ問題ないと思います」

「お酒を飲みたいからといって、わざわざ二人の手を煩《わずら》わせるようなことはしたくないわ」

「我々はお嬢様を側でお守りするのが仕事ですので、そのようなことを気にされる必要はございません。むしろ、光栄なことです」

「レンがそう言うなら……。しばらくは飲まないけど、また飲みたくなったらその時は同席してくれると嬉しいわ」

レンは仕事だからと言うけれど、一人で飲んでもつまらなそうだし、せっかくなら一緒に飲みたい。そう思って提案したが、レンはまたしても眉を下げてしまった。困るようなことだったかしら……

「同席……ですか」

「ええ。この家の中ならレンも安心してお酒が飲めるでしょう？　護衛の必要はないわよね？」

「確かに結界があるので問題ないとは思いますが……しかし……」

「レンは真面目ね。たまにでいいから、ね？」

「……お嬢様がお望みであれば、家の中でという条件でご一緒させていただきます」

「ふふっ。楽しみだわ」

そうだわ、今度お酒を飲もうと思った時は、レンのおすすめを教えてもらおう。昨日、ルディさんに教えてもらったお酒も美味《おい》しかったからまた飲みたいし、あのお店には他にも色んな種類の果実酒が置いてあったから、機会があれば試飲してみたいわ。

「お嬢様。先ほど眠られている時に、フェルナンド様から連絡がありました」

「まぁ、お兄様が？　起こしてくれれば良かったのに」

お兄様から連絡があったのに、いつまでも寝ていたなんて……恥ずかしいわ。私が酔いつぶれてしまったのもきっと報告されているはず。呆れられていないかしら。

「いえ、フェルナンド様が、ゆっくり寝かせてあげてほしいと仰《おっしゃ》っていましたので、お声掛け致しませんでした」

「そうだったのね。それで、お兄様のご用は何だったのかしら？」

「来週に、アラン殿がこちらに来られるそうです」

「アランさん……リコリスを作ってくれたお兄様のご友人ね」

「はい。何でも住むのに落ち着ける場所をお探しになっているらしく、リコリスのメンテナンスも兼ねて街を見て回られるそうです」

「まぁ、拠点を移されるのね。私でお役に立てることがあったら、是非お手伝いさせてほしいわ。アランさんにはとてもお世話になっているもの。そうだ、お祭りで買ったお菓子でおもてなしが出来るわね」

「アラン殿とお会いになる時は、私とトーリも同席致します」

「分かったわ。よろしくね」

我が家の便利な魔道具や可愛い相棒であるリコリスを作ってくれた、お兄様のご友人。とても優秀で、素晴らしい人だと聞いている。会うのが楽しみだわ。


お祭りから三日後に、ルディさんのもとを訪ねた。彼へのお詫びとして、護衛にお酒を三本用意してもらった。お酒についてよく分からない私よりも詳しいと思ってのことだ。

「いらっしゃいませ。あれ、メル？」

「おはようございます。お祭りの日、最後にご迷惑をお掛けしてしまったみたいなので、お詫びをと思って」

ルディさんは、「何だ、そんなことか」と言いながら笑顔になった。お店に入った時は、納品日じゃないのに何かあったの？　という感じで見つめていたのに。

「迷惑なんて掛けられたと思ってないから気にしないで。私は、メルと過ごせて楽しかったよ」

「実はお酒を飲んだ後の記憶がなくて……馬車まで連れて行ってくれたと聞きました」

「記憶が……そう。楽しそうに飲んでいたけど、メルはお酒が弱いみたいだから少し心配かな」

「えぇ、レンにも、家で自分達がいる時であれば飲んでもいいけれどと言われてしまいました」

記憶をなくすなんて自分でも驚いたし、みんなに心配掛けてしまって申し訳ない。恥ずかしさで顔が熱くなるのを感じて、私はそれを冷ますように手で扇いだ。次はこんな失態を犯さないようにしなくては。

「私もそのメンバーに入れてもらえると嬉しいな」

「え、でも、また迷惑をお掛けしてしまうかもしれないわ」

「全然迷惑じゃないよ。楽しそうに飲んでいるメルを見るだけでもいいんだ」

それって、楽しいの？　陽気な私を見るのが面白いってことかしら。それは少し恥ずかしいわね。

「えっと、ルディさんがそれで楽しいと言うのであれば……今度、我が家へご招待します」

「本当？　メルの家に行けるのを楽しみにしているよ」

「ええ。あっ、お詫びの品を渡していなかったわ。トーリ、ルディさんに渡してもらえるかしら？」

「はい。ルディ殿。こちらはメルティアナ様が、ご迷惑を掛けたお詫びにと用意された品です」

お酒が三本もあるので私には持てないだろうということで、トーリは自分が持つと譲らなかった。

確かに重そうだわ。私が持ったら落として割ってしまっていたかもしれないわね。

「そんな、わざわざ……でも、せっかくなので遠慮なくいただきます。メル、ありがとう」

「いいえ、こちらこそお祭りに誘ってもらって楽しかったです。お酒、お口に合うといいのだけど」

「メルが選んでくれたってだけで、美味《おい》しさが増すよ」

「え……？」

どうしましょう……そんなに嬉しそうな顔で言われると、私が選んだんじゃないとは言いにくい。

「今度メルの家に招待された時には、お祭りの時に一緒に飲んだお店で出していた果実酒を何種類か持っていくよ。メルを見送った後に、いくつか買っておいたんだ。メルに飲ませてあげたいなと思ってね」

「まぁ、ありがとうございます。他のものも飲んでみたいと思っていたの」

「それなら買っておいて正解だったね」

すごいわ。ルディさんって、とても気が利くタイプなのね。お兄さんだから面倒見がいいのだろう。

そういえば店内にモカさんの姿が見当たらない。休憩にでも行っているのかしら。

「ん？　どうし……あぁ、モカかな？　あの子なら今休憩に入っているよ。呼んでこようか？」

「いえいえっ！　休憩中に邪魔をしたくないので大丈夫です。それじゃ、お仕事の邪魔になってしまうといけないので、そろそろ失礼します。また次の納品の時に」

「わざわざ会いに来てくれて嬉しかったよ。また会えるのを楽しみにしているから」

お客様の少ない時間帯に訪ねたといっても、お仕事の邪魔をするわけにはいかないので、早々に店を後にした。喜んでもらえたので、お酒をお詫びの品として選んで良かった。後は、納品の日までにハンカチの刺繍《ししゅう》を仕上げてしまいたいわね。

それから数日後の今日、私はお礼のハンカチを刺繍《ししゅう》するための材料を探しに、街の手芸店に来ている。トーリに買って来てもらった方が護衛する手間も少ないと思ったから、一度は買って来てほしいと頼んだのだけれど断られてしまった。

「メルティアナ様。私達のことを考えてご自分の行動を制限する必要はございません。私達はメルティアナ様の望むことに従うだけです。迷惑などという考えは捨てていただいて結構です」

そう言われてしまえば、変に気を遣う方が失礼に当たると思い、自分で買いに行くことにした。もちろん肩にはリコリスを乗せて、側にはトーリもいる。他の護衛も、私が気付いていないだけで近くに潜《ひそ》んでいるはず。

手芸店に入ってすぐの棚に、生成《きな》りの綿生地がサイズ違いで置いてあった。他にも、真っ白なものや染めて色が付いているものなど種類がたくさんあり、見るだけで楽しい。

ただ、ルディさんは上質過ぎると使いにくいと言っていたから、使い捨てにしてもいいくらい気軽に使えるように生成《きな》りを選ぶことにした。

大判の生地を自分でカットしてハンカチの形にしていくのが、一番コストが掛からない。しかし、隣に置いてある無地のハンカチが気になってしまう。

「んー……どうしようかしら」

今のところ伯爵家からの資金があるので、薬で得た収入を使う機会が少ない。それなら、そのお金で無地のハンカチを買って刺繍《ししゅう》することにしましょう。

「刺繍《ししゅう》糸はカーキ色や青色、黒色なども良さそうね」

普段選ばない色の糸を手に取り生地に当てていく。男性ならではの色合いね。さてと、せっかくだから自分用にもいくつか買っていきましょう。お兄様用のハンカチは、いつもの商会に依頼して届けてもらうとして、刺繍《ししゅう》は家の紋章とお兄様が好きな花を刺繍《ししゅう》したら喜んでもらえるかしら。

会計に向かうと当然のごとくお金を払おうとするトーリを止める。

「今日は私が払うわ。これはルディさんに助けていただいたお礼のものだから」

「それならば尚更こちらで支払うべきかと」

「いいえ、家としての謝礼はもうしているでしょう？　これは私からの個人的なお礼なのよ。だから、ね？」

トーリはまだ何か言いたそうにしていたが、黙って頷いた。働いているのだから、このくらいの支払いは私でも出来るというのに。お兄様から見れば私はまだまだ子供なのよね。ちゃんと大人として見てもらえるようにしっかりしないとね。

家に着くと、ちょうどお昼の時間だったこともあり、リス達と子ウサギ達は仲良く餌《えさ》を食べていた。

「リコリスもご飯食べていらっしゃい。今日は買い物に付き合ってくれてありがとう。後で苺《いちご》をあげるわね」

苺《いちご》がもらえるのが嬉しいのか、リコリスは肩でひと跳ねして私の頬を尻尾で撫でると、みんなのもとへと駆けていった。リコリス達が木の実を一生懸命食べている姿に癒される。穏やかで心満たされるというのは、こういうことを言うのね。

「さてと、私も食事にしましょう。お祭りの時に買ったご飯をマジックバッグに入れて持ち帰ってきたの。あの串焼きもあるわ」

お祭りの時は小さいサイズの串焼きを食べたけれど、こちらは家で食べることを想定して大きめのサイズのものを購入しておいた。

さすがにこれに齧《かじ》りつくのは大変なので、お肉を串から抜いてお皿に並べ、ナイフでカットして食べることにした。一口食べると、濃厚な味が口の中に広がる。

「このソースの濃さがいいわね。普段の食事とは違う味付けなのも、新鮮で美味《おい》しいのよね」

お祭りを思い出しながら、美味《おい》しくいただくことが出来た。

その後、ソファーで寛《くつろ》ぎながら刺繍《ししゅう》の本を手に取り、ぺらぺらとページを捲《めく》り図案を眺める。あまり凝った刺繍《ししゅう》だと使いにくいと言われるかもしれないから、複雑な図案はやめておこう。

こんな風に図案を眺めていると、学園での刺繍《ししゅう》の授業を思い出す。あの時はマイガル伯爵令息のためにハンカチに刺繍《ししゅう》していたけれど、結局渡せなかったのよね……。そのハンカチは今もマジックバッグの中に眠っている。さすがに元婚約者のために刺繍《ししゅう》したものを別の誰かにあげるわけにもいかず、そのままにしていたけれど、いい加減処分しないといけないわね。

立ち上がりクローゼットに向かうと、学園で使っていたマジックバッグを手に取り、ハンカチを取り出す。色あせることのないそれを見て、当時の記憶が蘇《よみがえ》る。彼の行動にもやもやした日々もあったけれど、それだけじゃなかった。婚約者として楽しく過ごした日々も覚えている。だからこそ、彼には幸せになってほしいと願いながら、ハンカチをそっと屑籠《くずかご》に入れた。

「さてと、今日は薬作りはお休みの日だから、刺繍《ししゅう》だけじゃなく果実酒も作っちゃおうかしら」

領民がオレンジで果実酒を作っていると以前お兄様が言っていたから、私も作ってみたいと密かに思っていたのよね。この間お祭りで飲んだ果実酒も美味《おい》しかったことだし。

実だけを入れた果実酒にして、皮はジャムにしてしまいましょう。喉飴を作るのに余った皮はお兄様に送って領地で再利用してもらっていたけれど、毎回量が多いから私の方でもどうにか出来ないかと思っていたところに、モカさんがジャムの作り方を教えてくれたのだ。

それからはピールの他にジャムも作り、パウンドケーキの横にジャムの瓶を置いてもらえることになった。モカさんが店主であるお父さんに話を通してくれたおかげだ。ルディさんだけでなく、妹のモカさんにも良くしてもらって、本当に感謝している。

だから今回はルディさんのだけでなく、モカさんのハンカチも刺繍《ししゅう》しようと準備していた。ルディさんとは違い、モカさんのは華やかな赤いバラを刺繍《ししゅう》する予定だ。以前、一緒に遊びに行った時に入ったカフェは、赤い大きなバラが素敵なお店だった。モカさんが「ここに来るのは月に一度のご褒美」と言っていたから、刺繍《ししゅう》をするなら赤いバラがいいだろう。

生地は生成《きな》りではなく、赤が映えるような白にした。

「さてと、図案が決まっているモカさんのを先に刺繍《ししゅう》しちゃいましょう」

ソファーに座り針を通していると、リコリスが帰ってきた。浄化魔法を掛けて綺麗にした後、私の肩に飛び乗り定位置につく。

「ふふっ、ご飯を食べてみんなと遊んできたのかしら」

私の言葉に、「そうだよ」と言うようにテシッと私の頬に手を当てた。

「いい子ね。今刺繍《ししゅう》をしていたのだけど……先に果実酒を作ろうかしら」

リコリスに皮むきのお手伝いをしてもらった実をお酒に付け込んだら、ちょうどおやつの時間になるから、苺《いちご》をあげて刺繍《ししゅう》をしましょう。

「それじゃ、喉飴を作る時のように、オレンジの皮むきをお願い出来るかしら」

リコリスは私の頬をテシテシすると、ぴょんと駆け出し皮むき器の前で待機した。本当におりこうさんで助かるわ。

パントリーからオレンジを取り出しリコリスに手渡した後、私はお酒や砂糖などを棚から出し、作業をスムーズに進められるように準備をする。

「そういえば、リコリスはお酒飲めるの？　私みたいに酔っちゃったりするのかしら」

私が呟《つぶや》くと、リコリスは「何のこと？」と言うように首を傾げた。リコリスが酔っ払ったらそれはそれで可愛いけれど、魔道具だから他の食べ物と同じく、お酒もただのエネルギーとして消費されるのかもしれない。ちょうどアランさんが来ることだし、その辺も聞いてみましょう。

リコリスの手伝いのおかげもあって、果実酒とジャム作りはスムーズに終わった。思ったより時間が掛からなかったので、刺繍《ししゅう》する時間がたくさんある。

「リコリス、手伝ってくれてありがとう。苺《いちご》を食べたらみんなと遊んできていいからね」

苺《いちご》に齧《かじ》りつきながらコクリと頷くリコリスは、口が真っ赤になっていた。ふふっ、後で綺麗にしてあげないと。

リコリスが外に遊びに行くのを見送ると、私は針を手に取った。糸は明るい赤と濃い赤を選び、二種類のバラを刺繍《ししゅう》していく。モカさんが喜んでいる姿を想像しながら楽しく刺繍《ししゅう》をしていると、あっという間に辺りは暗くなっていた。

「さすがに集中し過ぎちゃったわね。肩も凝っているし、目も痛いわ」

籠《かご》に刺繍《ししゅう》道具を片付けると、軽く腕を回して体を解《ほぐ》し伸びをする。適度に休憩しながらやらなくちゃ駄目ね。夕食の時間も遅くなってしまうし、今日は食べたらもう寝る時間になっちゃうわ。

気付けば、リコリスは家の中にあるハウスで子ウサギ達と寛《くつろ》いでいた。うちの子達は自分で餌《えさ》を食べてくれるから、餌《えさ》をあげ忘れたということがなくて本当に助かる。餌《えさ》に困らないように、好みに合わせた草や木の実を小屋の周辺に用意しておいて良かったわ。

ソファーに寝そべり少しだけ子ウサギ達を愛でるつもりが、次第に瞼《まぶた》が重くなり、夕食を取ることなくそのまま寝てしまっていた。

薬作りや刺繍《ししゅう》をして過ごしていると、あっという間にアランさんが訪ねて来る日になった。彼を出迎えるべく、リコリス達が木の上で駆け回っているのを眺めながら家の前に立っていると、誰かが馬で駆けてくるのが見えた。

首の後ろで緩《ゆる》く編んだ薄いラベンダー色の長い髪が風に靡《なび》いている。近付くにつれ見えてきた顔立ちは整っていて、左側の目元にあるほくろが色気を感じさせた。馬に跨《また》がる姿勢もとても美しい。恐らくこの人がアランさんだ。彼は公爵家の次男ということもあり、整った容姿だけでなく気品も備わっていた。

結界の前で馬から降りたアランさんに近付くと、先に彼から挨拶《あいさつ》される。

「やぁ、こんにちは。フェルの妹君《いもうとぎみ》」

妹君《いもうとぎみ》……初めて呼ばれるわ。

「初めまして、メルティアナと申します。よろしければメルとお呼びください」

「んー……今まで君の話題が出ても『妹』って言い方していたから、今更名前で呼ぶのもなぁ。『妹ちゃん』って呼ばせてもらってもいいかな?」

妹ちゃん……これも初めての呼び方で慣れないけれど、アランさんがその方が呼びやすいのであれば、それでいい。

「構いませんわ。私は、アランさんと呼ばせていただいても?」

「あぁ、俺の方はどう呼んでもらっても構わないよ。それにしても……一人寂しく森で暮らしているのかと思ってたけど、随分と大所帯なんだね」

彼はそう言いながら、辺りを見回した。トーリや護衛達のことを言っているのかしら。

「ほら、周りにはリスがたくさんいるし、そこには子ウサギもいる」

「えぇ、そうなのです。気付いたら、たくさんの動物達に囲まれて暮らしています」

リコリス達のことを言っていたのね。確かに子ウサギ三匹にリス達がたくさんいるから大所帯ね。

ここに来る前は一人で暮らすものとばかり思っていたから、今は賑やかで楽しいわ。

「静かで何にも邪魔されずに、癒しの動物達とスローライフか……。いいね、気に入った」

「え……?」

「俺も、ここの隣に家を建てることにするよ。物作りするのにちょうどいい環境だからね」

えっ⁉　隣に家を建てるの？　こんな森の中でお仕事して大丈夫なのかしら。

「あの、森の中でお仕事だなんて、不便ではありませんか？」

「俺らの仕事って、研究室でやろうと自宅でやろうと関係ないんだよね。定期報告してちゃんと物を完成させていれば、どこにいても構わないんだよ」

「自由な環境なのですね」

なるほど、仕事できちんと結果を出していれば問題ないのね。

「お兄様から落ち着ける場所を探していると聞いた時は、街に家を探しに来たのかと思っていました。まさか隣に越してくることになるなんて予想していなかったので、驚きましたわ」

「そっ、割と自由なんだよ。だから、仕事以外にもフェルの依頼を受けたりするし、好きにしてるんだよね。ってことで、俺は引越しの準備をするから帰るね」

「えっ⁉」

「じゃ、これからお隣さんとしてよろしくね！」

アランさんはそう言うと、家に入ることもなく、リコリスの様子を見ることもなく、馬に乗って去っていった。

「ねぇ……アランさんは、何をしに来たのかしら？」

私は思わず側に控えていたトーリに尋ねた。

「この後フェルナンド様にお伺いしてみます」

「よろしくね。お兄様のご友人は嵐のような方だったわ。いつ、お隣さんが出来るのかしら」

「……私からは何とも申し上げられません」

本当に隣に家を建てるのかしら？　彼が去っていった森の中を見つめながら、私は首を傾げたのだった。


あの後、トーリがすぐにお兄様に連絡したところ、本当に私の家の隣に住むのか、事実確認が終わり次第教えてもらえることになった。

これからリス達が冬眠に入って静かになってしまうから、隣人が出来るのはいいことかもしれない。少し変わった方のようだけど、お兄様の友人だし、リコリスを作ってくれた人だ。側にいてくれたら心強い。

翌日にはお兄様から連絡があった。

『メル、変わりないかな？』

いつも通りの優しい声色に安心する。リコリスを通じてお兄様と話す時は顔が見えないのに、自然と笑顔で話してしまう。

「はい。私は特に変わりありませんわ。お兄様もちゃんと休まれていますか？」

『私も大丈夫だよ。メルに言われてからちゃんと休憩を取っているから、心配しなくていい』

「それなら安心しました。今日はアランさんのことについて、ご連絡いただいたのですよね？」

昨日の今日だけれど、仕事の早いお兄様のことだ。きっと、その報告のために連絡をくれたはず。

『そうだね。突拍子もないことで私も驚いたけど、彼らしいなと思ったよ。メルは、アランが近くに住むことについてはどう思う？』

お兄様としては賛成ということなのね。お兄様がそう判断なさったのであれば、私は問題ない。

「お兄様のご友人ですので、信用出来る方という安心感はあります。あと、リコリスに何かあった時にすぐ見てもらえるのはありがたいです」

『家にある魔道具が故障しても、すぐに対処してもらえるだろう。メルが嫌でなければ、隣に家を建てるのを許してあげてくれないか？　アランがそちらに住むことは、メリットの方が多いと思ったからね。何か作ってほしいものがあれば、頼むといい。それと、アランの家にはレンも住まわせるよ』

え……？　レンって、私の影であるレンのことよね？　何故、アランさんとレンが一緒に暮らすのかしら？

「それは、何故か聞いてもいいですか？」

『さすがに、メルの家の隣に独身の男を一人で住まわせるわけにはいかないからね。レンが一緒に住むのであれば、万が一ってこともないから』

なるほど、そこまで考えが及ばなかった。アランさんは公爵家の方なのだから、私との間に変な噂が立つのは良くない。

さすがお兄様！　色んな方面に思考を巡らせてくれたのね。

「分かりました。それは、レンも了承しているのでしょうか？」

『あぁ、すでに話はつけているよ。男手が必要な時は、二人に頼むといい。そこに家を建てるなんて勝手を言ったのはアランだからね』

「今のところ大丈夫ですが、何かあれば頼らせていただこうと思います」

『これから少し賑やかになると思うけど、今まで通り好きに過ごしなさい。じゃ、また連絡するよ』

「はい。ご連絡ありがとうございました」

そうしてお兄様から連絡をもらって半月後、隣に家が建った。その速さに驚きを隠せなかったが、公爵家の力があれば簡単なことなのだろう。

アランさんの家は、私の家と似た雰囲気だった。アランさんと初めて会った時に自由な人だと感じたので、もっと奇抜な家が建つのではと少し心配だったから安心した。

朝食を外でリス達と共に食べていると、突然馬に乗ったアランさんが現れた。

「やぁ、妹ちゃん。元気だったかな？」

「アランさん、おはようございます。私は特に変わりなく。あの、本日からこちらに……？」

「そうなんだ。本当は来週からの予定だったんだけど、早く来たくてね」

だからレンもトーリも知らなかったのね。知っていたら、私に教えてくれていたはずだから。

驚いていると、木の陰からレンが静かに姿を現した。

「アラン殿……。ご報告いただきたかったです」

「あー、ごめんね。でも、思い立ったら行動したくなるでしょ？」

相手が公爵家の人間だから、レンも厳しく言うことが出来ないのだろう。それ以上は何も言えな

いでいる。この二人は今日から一緒に住むみたいだけど、上手くやっていけるのだろうか？　あまりにもタイプが違う気がするけれど……

「あ、君だよね。一緒に住むのって」

「はい。本日からよろしくお願い致します」

「一緒に暮らすんだし、もっと気兼ねない感じで行こうじゃない。じゃ、レンって呼ぶから、俺のこともアランでいいよ」

「いえ、アラン殿と呼ばせていただきます」

「えー堅苦しい。けど、まぁいいか」

馬から降りたアランさんは、自分の家の周囲を見て回る。希望通りに仕上がったか、確認しているようだ。

「なるほどね。さすがフェルってところかな」

「え？　お兄様ですか？」

何故、ここでお兄様が出てくるのかしら？　不思議に思ってつい聞いてしまった。

「そう。俺に任せると奇抜な家になりそうだから、妹ちゃんの家の隣に建てても問題ない外見にしたいって言って、フェルがこの家を建てたんだよ。中は俺の好きにしていいからってさ」

「まぁ、お兄様が……」

少し呆れたようにアランさんは話していたが、お兄様も私と同じ心配をしていたので、家族なんだなとしみじみ思った。お兄様の配慮に感謝だわ。

「俺も家を建てられるくらいのお金は持っているのにねー。まぁ、フェルに任せちゃったけどさ。ってことで、何か作ってほしいものがあったら言ってね。家を建ててもらった代わりに、妹ちゃんに色々作ってあげるって約束してさ」

「お兄様とそんな約束を？」

「さすがにタダで家をもらうのもね。何でも言ってごらん。お兄さんが作ってあげるよ」

「そう言われましても……すぐには……」

　家を建てたのはお兄様だから、そのお返しは私じゃなくてお兄様にした方が……とは思うけれど、私がどうこう言っても無駄ね。もう、お兄様はいつも私のことを甘やかし過ぎだわ。

「あっ、そうだわ！　あの、お店に納品するパウンドケーキを作っているのですが、粉をふるいながらボウルに入れる作業と、混ぜる作業が同時に出来るようなものがあれば便利だなと」

「あぁ、あのお菓子ね。フェル経由で俺ももらったけど美味《おい》しかったよ、ありがとう。それであればすぐに出来そうだから、さっそく取り掛かるよ。じゃ、家の中も確認するから、またね」

「はい」

　アランさんが家の中に入り、静まり返った森の中に心地よい風が吹く。

「……お嬢様」

「レンも今日アランさんが来ること、知らなかったのよね？」

「はい。トーリからも何も聞いておりません」

　レンの眼差しは厳しい。アランさんはお兄様のご友人なので信用はあるものの、彼の自由さがどうにも気になっているようだ。

「でも、もう来てしまったものね。レンも今日からここに住むのよね？」

「そうなりますね……。トーリに連絡後、護衛態勢を変えたいと思います」

「護衛態勢？」

「影の時は潜《ひそ》んでいましたが、これからは隣に住むため、表に出てお嬢様のお側に仕えることになりました。時々周囲の偵察には行きますが」

「えっと、レンはこれから私の家で護衛をして、隣の家に帰るということ？」

「そうなります。お茶をお出ししたり、お仕事のお手伝いをさせていただこうと思っております」

え……。それって影の仕事じゃないわよね。

「トーリやお兄様とすでに話が済んでいるということよね？」

「はい」

「それなら、私からは何も言うことはないわね。影の仕事とは思えないけれど……レンがそれでいいなら」

「私は……お嬢様のお側にお仕え出来て光栄です」

そう言って目を細めたレンが本当に嬉しそうだったので、何も言えなかった。

アランさんは朝が遅いとのことで、一緒に朝食でもと思ったけれど、お誘いするのはやめておいた。やっぱり夜遅くまでお仕事をされているのかしらね。ただ、レンは朝から我が家に来るので、朝食から夕食まで一緒に食べることにしている。

何と食事はレンが作ってくれている。私は隣でリコリスが皮を剥《む》いてくれた野菜を切ったりしてお手伝いするだけだ。

「レン、料理が出来るのは何故か聞いても？」

「それは……紅茶の淹《い》れ方を学んだ時に一緒に習いました」

「お兄様は、レンに料理までするように言ったの⁉」

「いいえ、フェルナンド様からのご指示は紅茶の淹《い》れ方のみだったのですが、お嬢様がお一人になり色々と大変でしょうから、何かお役に立てればと思い、料理も習得致しました」

影の仕事でもないのに、そこまで私のために……。レンって忠誠心がすごいのね。お兄様が信頼を寄せるわけだわ。

私は手を洗った後、レンの手を両手で握り、感謝を伝える。

「私のためにそこまでしてくれて、本当にありがとう。あなたのような人に側にいてもらえて、心強いわ」

「……お嬢様」

「えっ！　あのっ」

よほど感謝の言葉が嬉しかったのだろうか、突然レンに抱き締められた。いきなりの行動に心臓が早鐘を打つ。

「はいはーい！　そこまでー。昼食の準備は済んだのかな？」

ちょうどその時家に入ってきたアランさんの声に、レンは素早く私から身を離す。そして、静かに頭を下げた。

「お嬢様。過ぎた行動を致しました。申し訳ございません」

「少し……驚いたけど、大丈夫よ。感謝の言葉をそこまで喜んでもらえるなんて思っていなかったわ」

「……はい」

レンの声が暗いように感じたけれど、顔が見えないのでどんな表情をしているのかは分からない。そうよね、貴族の中には使用人や護衛に対して礼を言わない人達も多くいるもの。レンも驚いただろうし、その分余計に嬉しかったのかもしれない。感謝を伝えていくって大事ね。

「さて、今日の昼食は何かな。いい匂いだね」

「今は、チキンスープを煮込んでいるところです。後はサラダの準備だけなので、座って待っていてくださいね」

「はいはい。……ねぇ、耳まで真っ赤だけど大丈夫？」

「えっ⁉」

アランさんの言葉に、私は思わず両手で耳を隠した。近くにあった鏡を見ると、顔を赤らめた自分の姿が映っていた。抱き締められて驚いたのと……恥ずかしかったからだ。男性に抱き締められることなんて、あまりないものね。

早く静まれと胸に手を置き、深呼吸を繰り返す。ドクドクと速く脈打っていたのが、次第にトクトクと落ち着きを取り戻す。……もう大丈夫。

「お嬢様？　どうかされましたか？」

私の行動がおかしかったのか、レンが顔を覗《のぞ》き込んできた。綺麗な顔が急に目に飛び込んできて、ドキッとする。また顔に熱が集まりそうになるのを、ぎゅっと瞳を閉じて落ち着かせた。

「大丈夫よ。さぁ、アランさんが待っているわ。準備しましょう」

「畏《かしこ》まりました」

私達は再び料理に取り掛かる。レンは紅茶を淹《い》れるのが上手なだけでなく、料理も手際よく、味も邸《やしき》の料理人に作ってもらっているかのようだった。レンに出来ないことはあるのかしら……？

間章　自由への移転（アラン視点）

公爵家の次男として生まれ、何不自由ない生活が約束されていた。両親は使用人に世話を任せることなく、自《みずか》ら俺達きょうだいを分け隔《へだ》てなく育ててくれた。父は剣の相手をしてくれたし、母はお茶に誘ってくれて、家族と過ごす時間は多かった。

成長するにつれて、兄さんは次期当主としての素質を示し、この先も公爵家は安泰だと誰もが言った。兄さんは小さい頃から父さんの仕事に興味を持ち、書斎に入り浸っていたほどだ。俺は領地の運営や政治に興味がなかったから、書斎に近付くことはなかった。

優秀な兄がいるからか、両親は俺には好きなことをやっていいと言ってくれたこともあり、魔道具の勉強にのめり込んでいった。一つのものを作り上げていくその工程が面白かったし、自分が作ったもので人が喜んでくれるのも嬉しかった。

幸いなことに公爵家の力で貴重な本が手に入るし、魔道具師から話を聞く機会も多々あり、魔道具への興味は日に日に増していった。十四歳の時、母に花の形をしたデスクライトを作ってプレゼントしたら、「こんなものを作れるなんてあなたは天才ね！　とても嬉しいわ」と言って、今でも大事に使ってくれている。

学園に入ってからは図書室で魔道具の本を読み漁《あさ》り、家に帰ってからも取り寄せた本を読んでは魔道具作りに励んでいた。資金がたくさんあるおかげで材料費にも困ることなく、試作を繰り返すことで俺の腕は上がっていった。

図書室に籠もってばかりいた俺に声を掛けてきたのが、フェルだった。絵に描いたような綺麗な顔というのは、こういう奴の顔を言うんだろうなと思った。完璧な容姿に加えて、裕福な伯爵家の長男ということで、それはそれは人気があった。そんな人気者が俺に何の用があるのかと思ったが、令嬢達から逃げて図書室に来ただけとは……さすがと言うか何と言うか。そういうことが何度かあり、やがて自然と話をするようになったフェルは、今では友人であり一番のお得意様だ。

卒業してからは、実家で暮らしながら悠々と魔道具師の仕事をしていたが、最近になって母が結婚の話をし始めた。「お友達のお嬢さんがね、素敵なのよ。一度会ってみない？」という打診が何度もあったため、家を出ることを決意した。

仕事はどこにいても出来るから、住む場所は遠くても問題ない。どこにするか悩んでいた時に、フェルの妹のことを思い出し、ちょうどいいので俺が作ったリス型の魔道具のメンテナンスもしようと訪ねてみることにした。

妹ちゃんが住んでいる森は、住居周辺は整地されており、大きな木がたくさんあるものの開《ひら》けているため日当たりが良かった。一人で寂しく暮らしているかと思っていたが、子ウサギが三匹にたくさんの森のリスが……これだけ動物がいれば賑やかだろう。

街には馬ですぐに出られるし、妹ちゃんの結界があるから天候に左右されないのも魅力的だった。

よし、ここにしよう。そうと決まれば、さっそく家を建てる手配をしなければならない。

そうして引っ越し作業はスムーズに進み、すぐに実家を出ることが出来てホッとした。

そんなある日、俺はレンと妹ちゃんの抱擁を見てしまったのだ。

「ねぇ、昼のあれは駄目でしょ」

家の中に作ったバーカウンターでグラスを傾けながら、俺は無表情でソファーに座っているレンに声を掛ける。まぁ、昼間のは思わず抱き締めてしまっただけで、それ以上は何もなかったことは分かっていたが、注意しないわけにはいかない。一応俺もフェルに信用されてここに住んでいるわけだからな。

「フェルには言わないであげるけどさ。彼女、伯爵令嬢だよ？」

「……存じております」

「だよねー」

そりゃそうだ、何年伯爵家で影やっているんだって話だよな。分かっていてアレかぁ……それはそれで問題だけど。

レンは何の感情も籠もっていないような声で答えてはいるが、それは相手が俺だからだ。妹ちゃんにはそんな風に話さないから。

「あれ以上のことをするとは思ってないけど……不毛な恋じゃない？　平民と貴族令嬢の恋なんて、物語の中でしかありえない」

「そんなことは……分かっております」

「なーんて意地悪言ってみたけど、好きって感情は人にどうこう言われたからってなくなるものでもないし、想うのは自由だと思うよ。その先があるかは……妹ちゃん次第だけどね」

「……」

仕事に忠実な影をも惑わせるなんて、妹ちゃんはもう少し自分を知る必要がある。その美貌だけでなく、誰にでも見せる優しさがどれほど周りを惹きつけるのかを。俺も惑わされないように気を付けないとな。

そう考えると、人のいない森の結界の中で限られた人と送る生活は、彼女を守るいい環境なのかもしれない。

フェルは彼女をどうするつもりなのだろう。貴族社会に戻すのか、それともこのまま森で暮らすことを許すのか。

貴族社会に戻るなら、俺の兄さんを紹介してもいいな。フェル同様、今は女性の相手なんてしてる暇はないって言って、婚約者を作らずに父さんの仕事の手伝いばかりしてるし。そろそろ婚約者を作れと周りから急《せ》かされているって言っていたしな。

次期公爵様だ。彼女を何者からも守れる地位も権力も金もある。男前だし、女の影なんてないし、誠実。二十一歳だから、十六歳の妹ちゃんとは五歳差か。ちょうどいい感じじゃないかな。

基本的に厳しい人だけど、妹ちゃん相手だったら甘やかすだろうと想像出来る。レンには悪いけど、フェルに打診してみるか。

兄さんには幸せな結婚してほしいし、その相手が妹ちゃんなら問題なさそうだ。フェルが大事に育てた可愛い子。きっと、兄さんがフェル同様に大事に守ってくれるだろう。

さぁ、レン。この話を聞いても、君は何もせずにいられるのかな？

◆
◆
◆

「レン。今度納品に行く時に、ルディさんを我が家へお誘いしようと思うのだけど、どうかしら？」

アランさんが引っ越してきてからしばらくして、私はレンに尋ねた。

我が家で一緒にお酒を飲みましょうと約束しているし、あまりお待たせするのは良くない。レンとトーリに予定を確認して、問題なければお誘いしたいと思っている。

「トーリに確認してみます」

「ありがとう。一応、お店の定休日の前日がいいわね。さすがにお酒を飲んだ翌日がお仕事では、ルディさんも体が辛いと思うから」

「そのように調整致します」

レンとの会話を終えて家の外に出ると、リス達が小屋と森を行ったり来たりしながら木の実を運び込んでいた。そろそろ冬眠かしら。リス達が眠ってしまったら、子ウサギとリコリスだけで少し寂しくなるわね。

「リコリス、あなたもみんなが冬眠してしまったら、遊び相手がいなくてつまらなくなってしまうわね」

いつもなら、ここで私の頬をテシッと叩いてくるリコリスも、今日は頬擦りをして甘えてきている。きっと寂しいのだろう。

そういえば……アランさんにリコリスのメンテナンスをしてもらう話があったけれど、引っ越しに気を取られて、そのままになっていたわ。

「レン。アランさんのところに行ってくるわ。リコリスを見てもらうのを忘れていたの」

「そういえば、私も失念しておりました。お供致します」

「あなたの家でもあるものね。よろしくね」

初めてアランさんの家に入る。奇抜な家にならないようにお兄様が建てたけれど、内装はアランさんの好きなようにしていると言っていた。一体どうなっているんだろう。

「お嬢様。どうぞお入りください」

レンが家の扉を開けると……中は想像とは違っていた。シックで大人な雰囲気というか、お店のような感じだ。お酒がずらりと並んだカウンターがあり、その前には円卓とソファーが置いてある。

アランさんはお酒が好きなのかしら。

「レン。夜は二人でお酒を楽しんでいるのかしら？」

「いえ、基本的に私はお酒は飲みませんので、アラン殿お一人です。たまに、カウンターで少しお話しすることはありますが」

「レンはお酒が飲めないの？」

「そうではないのですが、いつでも対応出来るように、お酒は控えております」

すごいわね。日々の生活から自分の行動を律しているなんて。

「でも……それだと、今度ルディさんを誘ってお酒を飲む時はどうするの？」

「私とトーリは飲みませんが、側に控えさせていただきます」

私とルディさんが飲んでいるのを、レンとトーリが見ているということかしら。みんなで飲めればいいのだけれど……さすがに二人は護衛だから駄目よね。うーん、どうしようかしら。

「へぇ、みんなでお酒を飲むの？」

気付けば、アランさんがリビングの扉の前に立っていた。

「あ、アランさん。お邪魔しています」

「ようこそ我が家へ、妹ちゃん。飲まない護衛達に囲まれて飲んだって美味《おい》しくないよねー。それさ、うちでやるのはどう？　お酒もたくさんあるし、俺もそれに交ざりたいし」

ルディさんには我が家へ招待するって伝えていたけれど、大丈夫かしら。でも、確かに私の家で二人に見守られながら飲むのは居心地悪いわよね。

アランさんも一緒であれば、その方がルディさんも楽しめるかもしれない。でも……

「とても素敵な提案だと思うのですが、相手の方に確認したいので、返事はお待ちいただいてもいいですか？」

「ちなみに、その相手って誰かな？」

「私がパウンドケーキを納品させていただいているコーヒーショップの方です」

「ふーん、コーヒーショップの店員さんね。仲いいの？」

仲がいいと言っていいのかしら。まだ数回しか顔を合わせていないけれど、収穫祭に誘ってもらったわけだし……

「仲……良くさせていただいていると思います。ですが、まだ付き合いが浅いので……」

「じゃ、次の納品に俺も付いていっていい？　どんな人か見たいし、俺の家で飲むなら向こうも俺のこと知っといた方がいいでしょ」

アランさんはいい案を思いついたという様子で提案する。確かに、本当に一緒に飲むのであれば、顔合わせはしておいた方がいいわね。

「分かりました。では、次の納品はアランさんにも付いてきてもらいますね。ただ、彼がまだ何と言うか分からないので、無理にはお誘いにならないでいただけたら……」

「大丈夫だよ。どんな人か見るだけだからね」

良かった。あ、またメンテナンスのことを忘れるところだったわ。

「アランさん、すっかり忘れていたのですが、リコリスを見ていただけますか？」

「あぁ、そういえばそうだった。どれ、おいで」

アランさんが声を掛けると、リコリスはたんっとジャンプをして、アランさんのもとへ駆け寄る。

アランさんは親のような立場だから、リコリスも従順なのかしら。

「お前、リコリスって名前つけてもらったんだな。可愛がってもらえて良かったな。じゃ、今日一日預かるよ」

「はい、よろしくお願いします。リコリス、一日離れることになって寂しいけど、ちゃんと見てもらうのよ」

ここに来てからずっとリコリスが側にいたから、寂しいわね……。こんな時は予定を詰めて気を紛らわせるしかない。今日は、前倒しで薬を作っていこう。

アランさんの家を出ると、私はレンを振り返った。

「レン、私は今から作業場に籠もるわね」

「畏《かしこ》まりました。それでは、私は少し周辺を見回ってきます。後ほどお茶をお持ちしますので、休憩を取りながらお仕事をしていただければと思います」

「分かったわ。ありがとう」

レンと別れて、作業場の扉を開く。作業場の隣にある温室で薬草を採取して、机の上に材料を並べていく。そして今まで何度も作っているように植物魔法を展開し、材料を合成する。魔力の玉の中で合成するのだけど、キラキラと淡く輝きを放つその様《さま》は美しい。

薬を作り始めて一時間ほど経ったところで、レンが作業場に顔を出した。

「お嬢様、少し休憩しませんか？　そんなに続けて魔法を使われると倒れてしまいますよ」

レンに促《うなが》された私は、作業の手を止めて彼が用意した紅茶を飲む。一息つくと、実は体が疲れていたことに気付いた。一人でお茶をするのも寂しいので、レンも座るように言い、リコリスがいない寂しさを紛らわせたのだった。


翌日のお昼に、アランさんがリコリスを連れて我が家にやって来た。

「はい、お待たせ。君のリコリスを返しに来たよ」

リコリスは、アランさんの掌《てのひら》からジャンプして私の肩に収まる。やっぱり、これが一番しっくりくるわね。リコリスの頭を指でひと撫でると、指にスリッとしてくるのが愛らしい。

「リコリス、お帰りなさい」

私の言葉に返事をするように、リコリスは頬をテシッと叩いてくる。いつもと変わりない様子に安心した。

「アランさん、ありがとうございます。リコリスは大丈夫でしたか？」

「特に問題はなかったよ。ただ、毒が少し減っていたから補充しといた」

「毒……あぁ、あの時の」

熊に襲われた私をリコリスが助けてくれた時に使った毒だ。あの時は、リコリスが怪我をするのではと心配したけれど、熊を倒したのには本当に驚いた。

「前に熊に遭遇したことがありまして、その時にリコリスが助けてくれたのです」

「なるほど、熊相手で良かった。この毒を人に使っていたらちょっとまずいからね。まぁ、そんなことにはならないように設定しているから、今後もそんな間違いは起こらないと思うけど」

毒が何に使われたのか心配だったのだろう。私の話を聞いて、アランさんは安堵した表情を見せた。

「アランさんって、本当にすごいですね」

「そう？　好きにさせてもらっているから、その分責任は持たなきゃね」

「お嬢様、アラン殿。昼食の準備が整いました」

「ありがとう。すぐ行くわ」

アランさんをお茶に誘って、お祭りの時の飴細工をお出ししようかと思ったけど、食後のデザートの一つとして出していくつか持って帰ってもらうことにした。

アランさんが作ってくれた魔道具のおかげで、パウンドケーキを簡単に混ぜることが出来るようになったので、腕に負担が掛からなくなった。これなら一日に作る数をもっと増やせる。ただ、焼く時間やラッピングの手間を考えると、安易に増やし過ぎてもいけない。とりあえず、現状維持にしましょう。

さて、今日は薬とパウンドケーキの納品に行く日だ。今回は……レンはどうするのかしら。側に仕えているとは言っても、納品にはいつもトーリが付いてきているけれど。

「レン。今日の納品に、あなたは付いてくるのかしら？」

「いえ、その時間は周辺の警戒にあたりたいと思います」

「分かったわ」

レンに見送られ、アランさんとリコリスと共に馬車まで向かう。

「おはようございます。メルティアナ様。アラン殿」

「おはよう、トーリ。今日もよろしくね」

私とトーリが挨拶《あいさつ》すると、すぐにアランさんもトーリに声を掛けた。

「おはよ。今日はお供させてもらうからよろしく頼むな、トーリ」

「はい」

「そういえばトーリ、レンからルディさんをお誘いする話は聞いているかしら？」

「はい。ルディ殿の休みの前日を予定されているとか。ルディ殿が問題なければ、我々も大丈夫です」

「分かったわ。それでは行きましょう」

馬車に揺られて街に入り、まずは薬屋さんに向かう。お店の扉を開けると、元気な声が響いた。

「メルティアナさんだ。あ、今日は、納品って言っていたっけ」

「リリーさん、おはようございます。こちらでお会いするのは初めてですね」

カウンターにいたのは、いつも私を迎えてくれるシーナさんではなく、娘のリリーさんだった。

シーナさんはどうしたのかしら。

「実はねー。お母さん、風邪引いちゃったんです。だから、昨日から私が代わりに店に立っていて」

「まぁ、それは大変だわ。早く良くなるといいですね」

「本当、そう思います。……あれ？　メルティアナさん、また素敵な男性連れてる」

リリーさんは、私の後ろにいる二人を覗《のぞ》き込むようにカウンターから身を乗り出す。

素敵な男性……？　トーリとアランさんのことかしら？　でも、トーリとはすでに面識があるから、アランさんの方ね。

「彼はお兄様のご友人で、アランさんです」

「どーも」

アランさんは軽く手を上げて声を掛けると、商品が気になったのか店内を回り始めた。

「お兄さんの友人なのに一緒にいるんですか？　綺麗な髪だし、顔も整っているし、何か雰囲気がやらしい……。やっぱりメルティアナさんの周りには、格好いい人しかいないんだねー」

確かにアランさんは私の友人ではないから、一緒にいるのは不自然なのかもしれない。隣人ではあるけれど、それも急なことだったし。

「何度も申し上げますが、行動を共にする人間はメルティアナ様が選ばれているわけではありません。アラン殿も、メルティアナ様が来てほしいと仰《おっしゃ》ったわけではなく、一緒に行動しているのはご本人の意思です」

お祭りの時と同様に、トーリが答える。……リリーさんは、私が見目の良い男性を侍《はべ》らせていると思っているのかしら。

「そういうこと。俺がお願いして、連れてきてもらっているんだよ。連れ回されているわけじゃない」

私達の会話には興味がなさそうに店内を見て回っていたアランさんが、自分の話をされていることに気付き、カウンターへと戻ってきた。

「でも、こんなに周りにいい男がいっぱいいたら、選び放題じゃない！　ねぇ、ルディ兄のことは諦めてくれませんか？」

「何を……？」

リリーさんは鬼気迫る表情で言う。店内へ迎え入れてくれた時の笑顔はなくなり、目は吊り上がっていた。彼女が何を言っているのかよく分からない。一体何を諦めるというのだろうか。

首を傾げていると、後ろからアランさんが険しい顔で口を開く。

「ねぇ、君さ。ちょっと言葉を慎んだ方がいいよ。事情は何となく察したけど、君が口を出す話ではないんじゃないか？」

いつも笑顔のアランさんが真顔だったので少し驚いた。そんなに怒るほどのことでは……と思っていると、隣からトーリも硬い声音で言う。

「あなたの想いが届かないからと、メルティアナ様に当たるのはやめていただきたい」

リリーさんの想い？　今の流れで言うと、リリーさんはルディさんを従兄としてではなく、異性として慕っているということ？　だから、私がルディさんの側にいるのが気に入らないのかしら。

でも、諦めるって？　ルディさんと友人になることは諦めて、側から離れてほしいと言いたいの？

「……っ。だって、メルティアナさんはこんなに綺麗なんだから、他にいくらでもいるでしょ？私には、ルディ兄だけなの」

「ですから、それをメルティアナ様に伝えることが間違っているのです。本来はルディ殿に言うべき内容であることを間違えないでいただきたい。これ以上メルティアナ様を責めるようであれば、こちらも黙ってはいられません。我々護衛は、主《あるじ》の体だけでなく心もお守りするのが仕事ですので」

「ずるい……そんなのずるいよ……」

静かに涙を流すリリーさんに、なんて言葉を掛けていいか分からない。ひとまず彼女を一人にした方がいいだろうと、トーリに促《うなが》されて静かに店を後にした。納品については、後日トーリが行ってくれるらしい。

沈んだ気持ちで次の納品先であるコーヒーショップへ向かっていると、少し後ろを歩いていたアランさんが横に並んだ。

「ねぇ、さっきの話に出てきたルディさんっていうのは、お酒に誘う予定の人かな？」

「えぇ、そうなのですが……」

先ほどのことを考えると、このまま誘っていいのか悩む。

「もし、さっきの子のことを気にして誘うのを悩んでいるのなら、そういう考えはやめた方がいい。妹ちゃんとそのルディさんとやらが約束していたことに、彼女は何も関係ないからね」

「私も同感です。あと彼女を誘うのはおやめになった方がよろしいでしょう」

「トーリまで……。分かったわ。リリーさんを誘うのはやめておくわね」

私よりも人生経験が豊富な二人がそう言うのだから、きっとその方がいいのよね。私はこれまで友達がいなくて、人間関係については未熟だから……

コーヒーショップに着くと、リコリスはいつも通り看板犬のダフル君の背に飛び乗り、これでもかと体を伸ばして寛《くつろ》ぎ出した。綺麗な毛並みの上は、さぞかし気持ちがいいのでしょうね。

トーリが扉を開けて中へ入ると、すぐにルディさんが声を掛けてくれた。

「メル、いらっしゃい」

「ルディさん、おはようございます。本日は納品に伺ったのだけど」

「それじゃ、こちらにどうぞ。……その、彼もメルの連れかな？」

先に納品を済ませてから紹介しようと思っていたけれど、見るからに護衛じゃないアランさんがトーリの横に並んで立っていたらさすがに気になるわよね。

「えぇ、兄のご友人で、アランさんというの」

「どうも。今日は、コーヒーショップがどんなところか気になって、連れてきてもらったんだ。おすすめを一杯いただけるかな？」

リリーさんの時は手を上げるだけの挨拶《あいさつ》だったのに、ルディさんに対してはちゃんと目を合わせて会話をしている。その対応の差に少し驚いたけれど、人との関係に合う、合わないはあるものね。

「畏《かしこ》まりました。それでは……席はどうしましょう？　メルと同じに？」

「いや、納品もあるだろうから、カウンター席で待たせてもらうよ」

「では、お好きな席にお掛けください。すぐにお持ち致します。メルは、あちらの席で品物を準備しておいてくれる？」

「はい、分かりました」

私はトーリと端の席へ行き、納品予定のパウンドケーキを取り出し並べていく。仕上がりと数を確認し代金をもらえば、納品は完了する。

「メル、お待たせ。じゃあ、さっそく確認するね」

「はい、お願いします」

「一、二、三……うん、数も品質も問題ないね。金額はいつもと同じだけど、ちゃんと確認してね」

いつも笑顔で迎えてくれるルディさんも、納品の時は真剣な表情で品物をチェックしていて、プロ意識を感じる。

「こちらも大丈夫です」

「……メル？　今日は、少し元気がなさそうに見えるけど大丈夫？　体調でも崩してるのかな？」

「えっ？」

いつもと変わらない対応をしていると思っていたけれど……さっきのことが、少し尾を引いているのかもしれない。

「声がやけに沈んでいるし、笑顔も元気がない感じがするかな。体調が悪くないのであれば、他に何かあったの？」

さすが接客をしているだけあって、人間観察に長《た》けているのね。でも……リリーさんとのことは、ルディさんには言えないわ。

「特に何も……気のせいじゃないかしら？　あ、今日はルディさんをお酒にお誘いしようと思っていたんです。今度のお休みの前日にご招待したいのだけど、ご予定はいかが？」

「……メルがそう言うのであれば、これ以上は聞かないでおこう。お酒のお誘いは、喜んでお受けするよ」

私の言葉に何か言いたげにしていたけれど、ルディさんは肩を竦《すく》めて答えた。私の気持ちをくみ取ってくれる大人な優しさに、今は甘えることにする。

「良かった。それで、以前我が家でと話していたと思うのだけど、アランさんの家でもいいですか？」

「えっ、彼の家？　メルの家じゃなくて？」

「えぇ。その……アランさんも一緒にお酒が飲みたいと言っていて……それで、彼の家であればお酒がたくさんあって楽しめるだろうということになったんです。駄目かしら？」

今日会ったばかりの人の家で飲みましょうと誘うのは、さすがに急過ぎて驚いてしまっただろうか。

「いや……まぁ、元々メルがトーリさんとレンさんと一緒にお酒を飲むのに、私も交ぜてほしいとお願いしたんだからね。参加者が増えても場所が変わっても、私は構わないよ。メルがそれがいいのであれば従うよ」

「ありがとうございます。実はレンとトーリはお酒を飲まないので、アランさんとルディさんと私の三人でお酒を楽しみましょう」

「あぁ、彼らは護衛だからか。ところで、敬語。まだ無理そうかな？」

「あっ、つい癖で……。完全に敬語を取って話すのは難しいわね。もう少し気を付けてみます」

なるべく敬語はやめると話していたけれど、癖というのはなかなか抜けないわね。友人としていい関係を築いていけるように、私からも歩み寄っていかなくちゃ。

薬を作ったり刺繍《ししゅう》をしたりして過ごしていると、あっという間にルディさんとの約束の日になった。納品の時にハンカチをルディさんに渡そうと思っていたけれど、あまり数を縫えなかったので、今日渡す予定だ。

空が赤く染まり始めた頃にアランさん宅へと向かう。アランさんは自宅でお酒を飲むからか、シャツとズボンというカジュアルな服装だ。といっても、生地はしっかりとしたもので、一目で上質なものだと分かる。きっとオーダーメイドね。

テーブルの上には、お酒のつまみになるような料理が並べられていた。一口で食べられる大きさの焼いたお肉に魚料理、サラダなども用意され、好き嫌いがあっても何か食べられるように配慮がされていた。グラスも数種類用意してあり、お酒に合わせて使い分けられるように置かれている。

「レン、準備大変だったでしょう。本当にありがとう。今度、何かお礼をしたいわ」

「これは私の仕事ですので、お礼など……」

「仕事とはいえ、ここまで気を配ってくれたのだもの。素直にお礼を受け取ってほしいの。すぐには思い浮かばないかもしれないけど、何か考えておいてね」

するとレンは少し考えた後、まっすぐ私の目を見つめた。

「……それでしたら、お嬢様の時間を少しいただけませんか？」

「私の時間？」

「一度……お嬢様と街を回ってみたいと思いまして……」

「私と街を回るだけでいいの？」

「はい」

「それくらい、いつでも一緒に行くわ」

「よろしいのですか？」

「二人ではなかったけれど、お祭りも一緒に回ったでしょう？　そんなに遠慮しなくていいわ。ケーキの美味《おい》しいお店があるから、そこに行きましょう」

レンって見かけによらず、甘いものが好きなのよね。一人では行きにくいだろうから、私が連れていったらきっと喜ぶわ。

それにしても、レンがすぐにお礼の内容を考え付くなんて思わなかったから、少し驚いた。

「ありがとうございます。それでは、お嬢様のご都合のよろしい日に」

「そうね……明日は家でゆっくり過ごしたいから、二日後はどうかしら？」

「畏《かしこ》まりました。楽しみにしています」

「私も楽しみにしているわね」

レンのお願いはお礼とまではいかないけれど、本人がそれでいいと言うのであれば叶えよう。

その時、私とレンのやりとりを見ていたアランさんが声を掛けてきた。

「話は終わったみたいだね。それで、トーリとレンだけど……まさか飲んでいる間、ずっと俺らの後ろに立っているわけじゃないよね？」

「その予定ですが」

やっぱり……そうかもしれないと思ってはいたけれど、後ろに立っていたら監視されているみたいで、ルディさんも寛《くつろ》げないいんじゃないかしら。私は護衛が側にいるのに慣れているから大丈夫だけれど。

「うわ、それは居心地悪い。カウンター席に座ってお茶でも飲んでいてよ。監視されながら飲んでも楽しくないからさ。身元が保証されている人間しか室内にいないんだし、ずっと目を光らせてなくても大丈夫でしょ？」

「それは、そうですが……」

アランさんの言う通り、ここには信用出来る人しかいない。それに結界も張ってあるため、そんなに警戒する必要はないと思う。仕事だからそうするのは分かるけれど、今日は少し護衛方法を変えてみてもいいんじゃないかしら。

「お嬢様もそう思われますか？」

レンが少し困ったように眉を下げて私を見る。普段あまり表情に変化が見られないから、その姿が新鮮で、ついもっと色んな表情が見てみたいと思った。でも出来れば、困った顔よりも喜んだ顔がいい。

「そうね。確かに、後ろからじっと見られながらっていうのは気になるわね。レンもトーリも参加すればいいのに」

「いえ、私はお酒は飲まないので……。ですが、お嬢様がそう仰《おっしゃ》るのであれば、アラン殿のご提案通りカウンター席で待機させていただきます」

レンが渋々といった様子で頷いた直後、ルディさんを迎えに行っていたトーリから到着したと連絡が入った。私は結界の前まで彼らを迎えに行く。

「ルディさん、こんな森の中までようこそ」

「メル、招いてくれてありがとう。こんな森の中に素敵な家が建っているなんて驚いたよ」

そう言って、ルディさんは小さなブーケと共にお菓子の入った可愛い籠《かご》を差し出した。

「ありがとうございます。こちらがアランさんとレンが住んでいる家です」

「まさか、メルの家のすぐ隣に家が建っているとは思わなかったな」

私もまさかこんなところでお隣さんが出来るとは思っていなかったから、ルディさんがそう言うのも無理はない。アランさんの自由過ぎる性格には驚かされたけれど、側に人がいると精神的に落ち着く気がする。誰でもいいわけじゃないけれど……今はいい人達に恵まれて幸せだわ。

「私も初めは驚いたわ。アランさんが引っ越して来たのも、急だったから……っと、その話は後にして、中に入りましょう」

　レンがドアを開けてルディさんを中へと促《うなが》すと、アランさんが迎えてくれた。

「アランさん、お邪魔します」

「やぁ、よく来たね、ルディさん。お酒はいっぱいあるから、好きに飲んでくれて構わないよ」

　アランさんの言葉を受けて、ルディさんはカウンターの後ろの棚を見た。あのお酒の量……やっぱり気になるわよね。

「こんなに種類がある中で、私の持ってきたお酒を出すのは気が引けるな」

「いや、女性向けのお酒は置いてないから、ルディさんの持ってきたお酒があると助かるよ。ほら見て、妹ちゃん向きのお酒なんてなさそうでしょ？」

「確かに……それならメルには私が用意してきたお酒を飲んでほしいな。女性に人気のあるお酒を数種類用意したんだ」

　そう言って、ルディさんはテーブルの上にお酒を並べていく。全てこの前の果物屋さんで売られていた果実酒で、チェリー、ピーチ、マンゴー、オレンジ、レモン、ライチの六種類も用意してくれていた。

「女性に人気があるだけあって、パッケージデザインも可愛らしくて、目でも楽しめるのがいいわね」

「やっぱり、女性は見た目も気にするからね。今回用意した果実酒の中に気に入ったものがあれば、プレゼントするよ。それと、梅酒はメルが気に入っていたから別で三本準備したんだ。この間の納品の時に渡せば良かったんだけど、忘れていてね」

お祭りの時に少し飲んだだけだったのに、私の好みを覚えていた上に準備までしてくれるなんて。レンだけでなく、ルディさんも本当に気遣いがすごいわ。

「まぁ、ありがとうございます。気を遣ってもらってばかりで申し訳ないわ」

「私が好きでしていることだから、申し訳ないって思わないで。素直に嬉しいって言ってもらえる方が、私も嬉しいからね」

「あっ、私も忘れていたわ。この前ハンカチをプレゼントし直しますと話していた件なんだけど、仕上がったのでお渡ししようと思っていたの」

普段から使ってもらえるよう、七枚のハンカチに刺繍《ししゅう》を施《ほどこ》した。複雑な図案にしなかったため、前回よりは早く仕上げることが出来た。

「あぁ、高級過ぎて普段使いするのにはもったいないって言っていたやつね。……これ、生地はいつも使っているハンカチと変わりないのに、メルが刺繍《ししゅう》を入れただけで高級感出るのがすごいな」

「また使わないなんて言わないわよね？」

「そうだね……。もったいないけど、使うために作ってくれたんだしね」

ルディさんは刺繍《ししゅう》に指を這わせると嬉しそうに微笑んだ。やっぱりお礼をするなら喜んでもらえるものが一番よね。相手のことをもう少し考えて贈り物を考えなくちゃ駄目ね。

「ほらほら二人共、もういいかい？　そろそろ座ってお酒を楽しもうじゃないか」

アランさんが私とルディさんに近寄り、グラスを差し出す。

「そうだったわ。いつまでも立ったままでごめんなさい」

「気が付かなくてごめん。素敵な料理も用意されているみたいだね」

せっかくレンが準備してくれたんだもの。たくさん食べていってほしいわ。レンの料理の腕はプロレベルだしね。

「これはレンが準備してくれたのよ。すごいでしょ」

「レンさんが……すごいな。彼は何でも出来るんだね」

「ふふっ。本当に、何が出来ないのか分からないくらいだわ」

レンが褒められるのが自分のことのように嬉しい。こんなに素晴らしい影がいて、誇らしいわ。

「さぁ、一杯目はどれにするか決まったかな？」

「そうね……うーん、どれにしようかしら」

私はルディさんが持ってきてくれた果実酒の瓶を見つめる。どの瓶も可愛らしく、美味《おい》しそうで悩んでしまう。味は想像が出来ないけれど、お酒の色も可愛いわね。

「メル、迷っているようなら、ピーチとかマンゴーとかとろりとした甘さがあるものがおすすめだよ。残りもサラリとした飲み口で、飲みやすいものばかりだから、少しずつ試してみるといいんじゃないかな」

そう言いながら、ルディさんはグラスにお酒を注いでいく。ピーチとマンゴー、どちらも気になるけれど、先にマンゴーをいただくことにしましょう。次にピーチを飲んだら、他も少しずつ試していくのがいいわね。

「それでは、マンゴーをいただきたいわ」

「はい、どうぞ」

私はルディさんからグラスを受け取り、口を付ける。その後、アランさんがルディさんに声を掛けた。

「ルディさんも、お酒ならいくらでもあるから好きなものを勝手に飲んでいいよ。今俺が飲んでいるのは辛口だけど、おすすめだよ。どう？」

「そうですね。せっかくなのでいただきます」

アランさんがルディさんのグラスにお酒を注いでいく。アランさんの、この誰にでも自然体で話しかけられるのはすごいことだと思う。私も真似を……なんて出来ないわね。彼だから許されることだわ。

「……っ。これはきますね」

お酒がきつかったのか、ルディさんは飲んだ後、少しせき込むようにして喉を押さえた。そんなルディさんの背中を摩《さす》って、私は「大丈夫ですか？」と声を掛ける。

「これ、美味《おい》しいんだけど、ちょっと度数が高いんだよね。はい、お水」

ルディさんは、アランさんから手渡されたグラスの水を一気に飲み干すと、ホッと一息ついたようだった。

「すみません。お酒は弱い方ではないんですが、これは少しきついみたいです」

「いいよ。人によって合う、合わないはあるからね。棚に左側から度数低めのを並べているから、好きなの選ぶといいよ」

「ありがとうございます。では、選んできますね」

ルディさんが美味《おい》しく飲めるお酒が見つかるといいな。

それからみんなで、レンが作ってくれたおつまみを食べつつお酒を飲む。料理もお酒も美味《おい》しい。

この、お店にいるような内装も手伝ってか、大人の女性になったように感じる。場の雰囲気も大事なのね。

「ルディさん。ちょっと聞きたいことあるんだけど、いいかな？」

大人の雰囲気に浸っている中、アランさんがルディさんに尋ねる。

「はい、何でしょう？」

「リリーっていう子は、随分君を慕っているように感じたんだけど、君はどう思ってるの？ちょっと気になってさ」

「リリーとは、私の妹のモカと小さい頃から三人一緒に過ごしていたので、実の妹のように思っていますよ」

実の妹のように……。リリーさんは、異性としてルディさんを見ているようだけれど、やっぱり本人は気付いてないということよね。

「あまりこういうことに口を出したくないし、これを言うのは反則かなって思うんだけど……妹ちゃんに害が及ぶと、リリーって子が大変な目に遭っちゃうから、忠告しておくよ」

「メルに害が及ぶ？　忠告って……」

「あのリリーって子。妹ちゃんに敵対心を持っているんだよね。君と仲がいいから嫉妬しているようだよ。その辺、君からしっかりと言っておいた方がいい。お互いのためにね」

「敵対心……。メル、この前元気がなかったのはリリーのせい？　あの子に何か言われた？　何かされた？」

眉を下げて心配そうに顔を覗《のぞ》き込んでくるルディさんに、何と言っていいのか分からない。ありのままを伝えると、リリーさんの気持ちを勝手にルディさんに伝えることになるから。

「あぁ、急に色々と聞いてごめんね。リリーのことはこちらで確認するから、今日はお酒を楽しもう。アランさんもそれでいいですよね？」

「いいよ。部外者が口を出して悪かったね。さっ、どんどん飲んでいこうか」

この後、二人は何事もなかったようにお酒に口を付け、会話をしていた。私も場を暗くするわけにいかないと思い、先ほどのことは一旦忘れ、お酒に集中した。

間章　メルへの想いと従妹の想い（ルディ視点）

あの後、アランさんの家でみんなで楽しくお酒を飲んでいると、メルがまた途中で眠ってしまった。

ソファーで横になったメルを抱き上げ、私は彼女の家へ向かう。その後ろを、トーリさんとレンさんが静かに続いた。いつメルを渡せと言われるかと気にしつつも扉の前まで来ると、トーリさんに声を掛けられる。

「レンにメルティアナ様をお預けいただけますか？」

「部屋まで駄目ですか？」

「さすがにメルティアナ様の許可なく、お部屋に入れることは出来ません」

「……分かりました」

この前の祭りの時と同じようにメルをレンさんに渡す。この体温が離れていく瞬間が、とても切なくて辛い。

「メル、今日も楽しかったよ。またね」

起こさないように、優しく額《ひたい》に口付けを落とす。

「またあなたは――」

「今回も見逃してください」

別れが名残惜しく、挨拶《あいさつ》をせずにはいられなかった。彼らの前でそんなことをすれば、注意されると分かっていながら……。唇にしなかったのだからいいではないか、というのはあまりにも自分勝手か。

レンさんがメルを抱いて家に入っていくのを見送りながら、あることに気付いた。メルを見つめるレンさんの瞳がとても優しく、それでいて熱を帯びている。普段みんなの前で見せているのとは違うその表情に、メルへの想いが表れていた。

メルが見ていないからこそ向けられる視線。メルのすぐ近くにいることを許されている彼が羨ましい。私も彼女の側にいたい。

だが、今はそれよりも……リリーは一体メルに何を言ったのだろう。アランさんがああいう風に言ってきたということは、リリーはメルに敵意を向けたはずだ。

明日、リリーに直接確認しなければ。少し甘えたところのある子だが、悪いことが出来るような子ではないのだが……

翌日、薬屋を訪ねると、リリーが元気に迎えてくれた。

「あっ、ルディ兄！　いらっしゃい」

「叔母さんは体調どう？　これ、差し入れ」

風邪をひいて寝込んでいると聞いていたから、果物でも食べて元気になってくれたらと思い、果物店に寄って買って来た品をリリーに渡す。

「美味《おい》しそうな果物がいっぱい！　お母さんも喜ぶよ。大分元気になって店には出てるんだけど、今は裏で休憩中だよ」

それならリリーが休憩中にお茶をしながら話をしようと考え、休憩時間まで街をぶらりと歩きながら待つことにした。お茶菓子を買い、店に戻ると叔母さんがカウンターに立っていた。

「叔母さん、体調が戻って良かったよ」

「やぁ、ルディじゃないか。おかげ様で元気だよ。果物もありがとね。後で美味《おい》しくいただくよ。

リリーならさっき休憩に入ったから行っておやり」

私はリリーのいる部屋の前で一度深呼吸をし、頭を整理する。これから聞かなければいけないことは、リリーにとってはいい話ではない。出来るなら揉めたくはないが……

そう思いながら、扉を開けた。

「お疲れ様。これ、休憩中にどうぞ」

「わぁ、ありがとうー！　ルディ兄大好き！」

うーん……やっぱり特に性格が変わったようには見えない。メルに何かをしたなんて、本当なんだろうか。けれど、このままこうしていても仕方がないので、率直に聞くことにした。

「なぁ、リリーはメルが嫌いなのか？」

「何それ……。もしかしてあの女に何か言われたの⁉」

声を荒らげたリリーは勢いよく立ち上がり、椅子を倒す。「あの女」なんて、そんなことを言う子じゃなかったのに……

「あの女って……もしかしてメルのことか？　いつからそんな風に言うように――」

「ルディ兄はあの女に騙されているのよ。あの女に色々言われて、私を問い詰めに来たんでしょ⁉」

笑顔が可愛かったリリーが、今は目を吊り上げて邪神でも宿っているかのような表情をしている。まるで別人と話している気分だ。

「違うよ。納品の時に一緒に来ていた、ラベンダー色の髪をした男性がいただろう？　彼に言われたんだ。リリーがメルに敵対心を持っているって。初めは信じられなかったが……今の様子を見て確信したよ。メルが何をしたっていうんだ？」

「何をって……彼女、周りにいい男を侍《はべ》らせている上に、ルディ兄にまで色目を使って誘惑しているじゃない！」

護衛の彼らを侍《はべ》らせているなんて言い方は、侮辱以外の何物でもない。どうしてそんなことも分からないんだ……。私はちゃんと伝わるようにリリーの目を見つめ、ゆっくりと言葉にする。

「メルの周りにいるのは、彼女を守るための護衛だよ。それに、私はメルに色目を使われたことなんてない。何をどうすれば、そう見えるんだ」

「でも――」

「でもじゃない。そんな理由で、メルに絡むのはやめるんだ。彼女は何も悪くないだろう？」

そう諭すと、リリーは先ほどの勢いがなくなり、今度ははらはらと涙を零し始めた。ハンカチを取り出し、涙を拭《ぬぐ》ってやる。いつまでも幼い子供のままではいられないというのに、困った従妹だ。

「泣いても仕方がないよ。メルに悪いことをしたなら、謝ればいい」

「ルディ兄……。私、ルディ兄が好きなの。大好きなの」

「はいはい、昔からよく言っているよな。分かっているよ」

「全然分かってない！　本当に大好きなの！　愛しているの！　ルディ兄のこと、一人の男性として愛しているの！」

一瞬リリーが何を言っているのか、分からなかった。今まで一度として、リリーを異性として考えたことなどない。可愛い妹の一人として、モカと同じように接してきた。

そういえば、アランさんは嫉妬していると言っていたが……兄を取られてのことだと思ったのに、違ったのか。

「リリー……すまない。その想いに応えることは出来ない……」

「あの女がこの街に来たからなのね……出会わなければ、ルディ兄はあの女のことを好きにならなかった！　そうしたらっ――」

「リリー！　いい加減にしなさい。確かにメルがこの街に来なければ、出会うことも恋に落ちることもなかった。だが、彼女がいなかったとしても、私が一人の女性としてリリーを愛することはないよ」

「どうして……？」

「妹にしか見られないんだ。今までずっとそう思っていたし、この先もその気持ちは変わらない。だから、メルは何も関係ないんだ。もうメルに当たるのはやめてくれ」

私の言葉に、顔を俯《うつむ》け涙を流し続けるリリー。今は、これ以上何を言っても無駄だろう。私はそのまま静かに部屋を後にした。

第二章　壊される日常

昨日は、またお酒を飲んで眠ってしまった。ルディさんが用意してくれたお酒が美味《おい》しくて、全種類を一口ずつ飲み終わった頃には、もう完全に酔っていたみたいだ。

ベッドから起き上がった私の気配を感じたのか、ドアの向こうからレンが声を掛ける。

「お嬢様、おはようございます。ご気分はいかがですか？」

「レン、おはよう。気分は大丈夫そうね」

「サイドテーブルに水を用意してありますので、お飲みください。私は朝食の準備をしてきます」

「分かったわ。いつもありがとう」

グラスに入った水を飲み干すと、ぼんやりとした頭を覚ますために浴室へと向かう。温かいお湯を浴びると大分頭がすっきりとしてきた。

手早くワンピースに着替えて、レンのもとへと向かう。ワンピースは一人で着替えるのが楽なので、たくさんクローゼットに入っている。今更、ドレスを着る生活には戻れないわね。

扉を開けると、そこにはレモンの爽《さわ》やかな香りが広がっていた。テーブルの上にあるグラスを見れば、水の中にレモンが入っている。

「レン、お待たせ。リコリスにも餌《えさ》をあげてくれてありがとう」

「いえ、これくらい大したことではございません。朝食の準備が出来ておりますので、どうぞ」

野菜中心のスープに、サラダと多めの果物。私の好みを入れただけでなく、お酒を飲んだ胃に負担が掛からないようにしてくれたようだ。

この間お酒を飲んだ翌日は、あまり食事が喉を通らなかったのよね。これくらいで、ちょうど良いわ。

「レンは、何でも私のことを分かっていそうね」

「長年見守らせていただいたというのと、最近では側でお仕えしているので、よりお嬢様の状態を把握しやすくなったため、だと思います」

「そうだったわね。私が知らないだけで、何年も前から私の影として付いてくれていたのよね」

「はい」

知らず知らずのうちにレンに守られていた間、きっと私が知らない出来事が色々あったのだと思う。私が知る必要のないことと判断された情報は、こちらには一切来ない。それについては、特に不満はない。お兄様が私を守ってくれるためにしていることだと分かっているから。

こんなにも私を理解してくれているお兄様なら、この先、貴族籍を抜けてこの生活を続けたいと言ってもきっと応援してくれると思う。でも……お父様はどう思うのだろう。他の貴族のところへ嫁ぐように言うのだろうか。この生活に慣れてしまった私は、今更貴族社会へ戻ることが出来るのだろうか。

「お嬢様？　手が止まっておりますが、どうかしましたか？」

「何でもないわ。冷める前に食べないとね」

今は余計なことは考えずに、料理を味わいましょう。それから、明日のレンとの街へのお出掛けのことを考えなくちゃ。

服はどうしようかしら。以前、収穫祭の時に着ていたレンの私服はおしゃれだったから、私もそれなりに整えないと、隣を歩きづらいわね。

朝食が済んだら明日着ていく服や小物などを選びましょう。明日、楽しみだわ。

服選びやいつもの調合の作業をこなし、あっという間に夕食の時間になる。食事を始める前に、トーリから預かったと、レンに一枚の紙と小さなブーケを一つ渡される。手紙と花？　何かしら……

手紙を読んでみると、何とルディさんからだった。リリーさんの件で謝罪したいこと、お詫びとして花を添えたことなどが書かれている。さらに、今度の休みに会いたいとあった。

リリーさんについては気にしなくて大丈夫と伝えても、きっとルディさんはそうもいかないわよね。素直に謝罪を受け入れた方が、きっとルディさんも安心するはず。

「レン。トーリに了承の旨、伝えてもらえる？」

「畏《かしこ》まりました」

リリーさんとの話し合いはどんな感じだったのだろう。謝罪というからには、リリーさんはルディさんからお叱りを受けたのかしら。好きな人から叱られるのは、きっと辛いわよね。

私は危害を加えられたわけではないし、大したことではないのに、何だか申し訳ない気持ちになった。

「お嬢様、食事の準備が整っております」

「ありがとう。今、行くわ」

レンの作ってくれた夕食を食べ、明日に備えて早く寝ようと思っていると、突然リコリスの目が赤い光を帯びた。お兄様だわ。リコリスをテーブルの上に乗せ、通信に備える。

『やぁ、メル。まだ起きていたかな？　遅い時間に悪いね』

「まだ起きていたので大丈夫ですわ。こんな時間にどうかしましたか？」

『実は、メルに見合いの話が来ていてね』

「え？　お見合いですか？」

学園を卒業してから社交もしてこなかったのに、お見合いの話なんてどうして……？

『もし、メルが嫌でなければなんだけどね。先方から打診されたんだ。その相手が……ガルベリア公爵家の次期当主とあって、父上も断りにくいみたいでね。知っているとは思うが、アランの家だよ』

ガルベリア公爵家がアランさんの家なのは知っていたけれど、どうして私に婚約の話が？　理由は分からないものの、格上の貴族から来た話であれば、私に断る選択肢はない。家族に迷惑は掛けられないし、こんなに我儘《わがまま》を許してもらっているのだ。ひとまずお相手に会ってみよう。

それにまだお見合いの段階で、婚約が決まったわけではない。お見合いの後、先方から白紙に戻

すと言われる可能性もある。

家を見回し、ここでの生活を終わらせたくないと少し感傷的になってしまう。いつかは貴族籍を抜けて、この森で生きていきたいと思っていたけれど、さすがにそこまでの勝手は許されないかしら……

「大丈夫ですわ。日程はもう決まっていますか？」

『九日後はどうかと言われている。メルに確認してから返事をと思ってね』

「分かりましたわ。お見合いのお話、お受け致しますとお父様に伝えていただけますか？」

『伝えておくよ。……メル、本当にいいのかい？』

「えぇ、もちろんですわ」

今まで私の気持ちを優先してくれていたお兄様。こんな時でも断っていいのだと言いそうな様子に、大丈夫なのだと伝わるように精いっぱい明るい声で答えた。

夜も遅かったため、早々に通信を終えて私はベッドに横になった。ぼんやりとお見合い相手の情報を思い出す。お会いしたことはないけれど、貴族の情報は必ず覚えるよう、小さい頃から家庭教師に言われていたから。

確か……アランさんのお兄様は今年二十一歳になられたはず。凜々《りり》しいお顔立ちの方で、領地経営にも積極的でとても優秀だと聞いている。

学園在学中は、アルフォンス様の婚約者になりたい令嬢が多かったが、まだ婚約者が決まっていなかったアランさんのお兄様も非常に人気があったらしい。

引く手あまたなのに、何故私にこの話が来たのか本当に不思議だけれど……考えたところでどうしようもない。ひとまず、明日のレンとの街歩きに備えて寝ることにした。

翌日、目が覚めてカーテンを開けると、窓の外には雲一つない空が広がっていた。今日一日、気持ち良く過ごせそうだ。

朝食を済ませるとレンは自分の家に着替えに行ったので、私も外出着に着替えることにした。リコリスの首輪と同じボルドーのリボンがアクセントになっている白いワンピースを着て、ブーツもリボンにカラーを合わせる。そして帽子を被り、厚手のコートを纏《まと》った。

準備が整ったところで、レンが迎えに来た。

「お嬢様、準備はよろしいでしょうか？」

「えぇ、行きましょう。……レン？」

部屋の扉を開け、レンに声を掛けるけれど、彼は動こうとしない。どうかしたのかしら。

「いえ……その、服の色がまるで……」

「服の色？」

白いワンピースに、ボルドーのリボン……何かおかしかったかしら。私は目の前にいるレンを眺めて、ハッと気付いた。白髪に、黒に似た濃い赤い瞳……これ、レンの色じゃない！　何で今まで気付かなかったの⁉

「ごめんなさいっ、気付かなかったわ。これはあなたの色よね。今すぐ着替えてくるから、待っていてもらえるかしら？」

「いいえ、大丈夫です。お嬢様、そのままで構いませんので行きましょう」

「え？　でも――」

「私が余計なことを申しました。とてもよくお似合いですので、お隣を歩けるのが嬉しいです」

「……そう？」

レンの色を纏《まと》っていると思うと、何とも恥ずかしい気持ちになるけど、そのまま街へ行くことにした。

「はぐれるといけないので、手を繋《つな》いでいただいてもよろしいでしょうか？」

「レンの手が片方塞がることになってしまうけれど、大丈夫かしら？」

「本日は護衛ではなく、プライベートですので……それに、片手が塞がったくらいでどうにかなるような鍛え方はしておりません」

「分かったわ」

差し出されて重ねた手はひんやりと冷たかった。このまま繋《つな》いでいれば、レンの手も温かくなるかしら。

二人で馬車に乗り込み、街へ向かう。

「お嬢様……その、今日は名前でお呼びしてもよろしいでしょうか？」

「今はプライベートな時間だもの。名前で呼んでくれて構わないわ」

「メルティアナ様」

「レン、様は不要よ」

「……っ。メルティアナ」

小さな声で恥ずかしそうに私の名前を呼ぶレンの姿に、何故か私もドキドキしてしまった。今日は彼の色んな顔を見ることが出来そうで楽しみだわ。

「メルティアナの好きそうなお店を事前に調べておきましたので、そちらに行きましょう」

「え？　私の好きそうなお店？　今日はレンに付き合うつもりで来ているから、あなたの好きなお店に行きましょう？」

「いいえ、私はメルティアナと過ごせれば、それで十分なのです。ですので、今日はメルティアナの好きな店でお願いします」

「え……？」

「あまり深く考えないで。ただ楽しんでくださるだけで、私も嬉しいですから」

「レンがそれでいいと言うなら……」

私は構わないけれど……本当にお礼になっているのか怪しいわね。やっぱりお出掛けとは別に何か用意しましょう。

「ありがとうございます。まずは、手芸のお店に行こうと思います」

「手芸のお店？　ちょうど刺繍《ししゅう》糸を補充したいと思っていたの」

「今回ご案内する店は、糸などの材料以外に、レースで作られた髪飾りや小物も販売しているそうです。メルティアナが気に入るものもあるかと思いまして」

「まぁ、そうなのね。どんなものがあるのか、今から楽しみだわ」

この前行った手芸店ではそういった商品は売っていなかったから、また別のお店なのだろう。今持っている小物は小さくても宝石が使われているので、もっと市井《しせい》に馴染むような小物が必要だと思っていたところだ。

街にある手芸店だし、宝石が付いていないレースの小物なら高くなさそうだから、気に入ったものがあればいくつか購入しよう。

レンと予定を話しているうちに、馬車がお目当てのお店の近くに着いた。

「メルティアナ、こちらの店になります。先ほどお話しした通り、材料以外のものも多く売っているため、店舗がかなり大きいです」

「確かに、予想していたよりも大きいわね。品揃えも多そうだわ」

中に入ると、店内は広く品揃えも豊富で、見ているだけでも飽きそうにない。糸は他のお店でも購入出来るので、レンの話していた小物類をさっそく見に行く。

レースを編んで作られた髪飾りや耳飾りは、カラーバリエーションに富んでいて、色違いで購入したいと思うほど可愛いものがたくさん並んでいた。しかもどれも品良く作られていて、センスの良さを感じる。

「もし、気に入る色がなければ、店にある糸を選んで同じデザインで作ってもらうことも出来るそうです」

「まぁ、オーダーも出来るのね。素晴らしいわ」

「このデザインに、色はこちらの糸に変更してオーダーするのはいかがでしょうか？」

そう言うと、レンは私の瞳の色に近い糸と、それと少し違う色合いの糸を差し出した。三色でグラデーションを作るということね。

葉っぱをモチーフに、いくつか花が咲いている髪飾りはとても可愛い。他にも葉っぱや花、鳥などの動物といった自然をモチーフにしたものが多くある。その中にリスが描かれた大判のレース編みを見つけた。これ……リコリスみたいで可愛いわ。額に入れて、部屋に飾るのもいいかもしれない。

「お気に召しましたか？」

「えぇ、綺麗で、それでいてとても可愛いわ」

「それでは、先ほどの髪飾りとこちらのレースは、私からプレゼントさせていただきます」

「え？」

「今日は私にお付き合いいただいているので、お礼の気持ちを込めて……というのは言い訳で、私がメルティアナにプレゼントしたいのです」

ただ一緒に街を回っているだけ。しかも私の好きなお店を見て、私が好きなものを選んでいるだけ。それが、レンからしたらお礼になるの？　それに言い訳って……？

申し訳ないので断ろうと思ったけれど、私を見つめるレンの瞳がとても優しく、いつもの彼とは何かが違う表情に、言葉が出てこない。

手芸店で買い物を済ませた後は、レンに連れられて花屋へ向かった。

「こちらのお店は、瑞々《みずみず》しい状態で保てるように花に魔法を掛けてもらえるそうです。お気に召すものがあれば、メルティアナもどうかと思いまして」

「まぁ、そんなことをしてもらえるのね」

今まで気に入ったお花は押し花の栞《しおり》などにして残していたけれど、美しい状態を保ったまま飾っておけるなんて素敵だわ。どのお花も綺麗に手入れされていて、目移りしてしまう。あっ、これは……

「何かございましたか？」

思わず足を止めた私に、レンが問いかける。私の視線の先にあるのは……黒バラだ。

「レンがお祭りの時に、私に着けてくれたことを思い出したの。この黒バラにするわ。そうすれば、この花を見る度に、今日のお出掛けやお祭りの時の楽しい時間を思い出せるもの」

「メルティアナ……。それでしたら、私も同じものを部屋に飾ります。あなたとの貴重な時間をいつでも思い出せるように」

そう言うと、レンはそっと優しく黒バラを手に取った。花を見つめながら、ほんのわずか口角が上がったのを見て、楽しんでもらえていることに安心する。

「貴重な時間だなんて大袈裟ね。せっかくだから、これに合う花瓶も購入したいわね。一輪挿《ざ》しで……スタイルのいいレンみたいにスラリとした形のものがいいわ。私の持っている可愛らしい花瓶には、この黒バラは似合わないと思うの。それと、これは私に買わせて。全てをレンに買ってもらうのは気が引けるし、いつもお世話になっているんだもの。お礼も込めて贈らせてほしいわ」

「そんな……今この時間こそが、私にとってお礼なのですよ。とはいえ、そこまで考えてくださったので、ここはメルティアナにお任せしたいと思います」

素直に受け入れてくれて良かったわ。お互いに譲らなければ、せっかくの楽しい雰囲気を壊してしまうかもしれないと思ったから。きっとレンも私に譲ってくれたのよね。

「ふふっ。ありがとう。花瓶は……そうね。私はこれにしようと思うのだけど、レンはどうする？」

「私も……同じものにします」

「好きなものを選んでいいのよ？」

「それが気に入ったのです」

「そう？　じゃ、私とお揃いね。お店の人を呼んでくるわ」

「いえ、一緒に行きます。あなたを一人には出来ないので」

「分かったわ」

レンと一緒にお店の人を呼びに行き、レンの花瓶だけプレゼント用にラッピングをしてもらった。店を出た後はそれをマジックバッグに入れて、お出掛けの最後に感謝を込めてレンに渡すことにする。

「そろそろ昼食にしようと思いますが、いかがですか？」

「そうね、お昼にしましょう。おすすめのお店があったりするのかしら？」

「メルティアナがよく行かれているカフェの系列店にしようと思っています。食後にいつも召し上がっているケーキなども注文出来ますので、お気に召していただけるかと」

「本当に、とてもよく調べているのね。レンの好きなものでも私は構わないのに」

レンはいつも私を優先してくれるから、彼が何を好きなのかあまり知らない。彼のことをもう少し知りたいと思うのに、自分を出そうとはしないのだ。一緒にいると、全てが私のいいように運んでいく。

「私は、メルティアナが美味《おい》しそうに召し上がってくださるなら、それで十分ですので」

「レンは私を尊重し過ぎね。今日はプライベートなのでしょう？　少しは我儘《わがまま》言ってもいいのよ？　好きなものは何？　私、あなたのこと、ほとんど知らないわ」

「……私を知ろうとしてくださるのですか？」

そんなことは予想もしていなかったと言うように、レンは目を見開いて驚いた。え……そんなに驚くこと？　護衛の中でもトーリとレンは常に私の側にいるんだもの。知りたいと思うのは当然だと思ったのだけれど……

「だって、本当にレンのことを知らないのよ。こんなに一緒にいるのに」

「それは……そうですが」

「ほら、何が好きか言ってみて？　せっかくレンが私のことを考えて選んでくれたお店だけど、あなたが好きなお店に行ってみたいわ」

「それでしたら……お店の変更は必要ありません」

「えっ？」

レンは手で口を覆い、少し恥ずかしそうに小さな声で言った。耳が赤いようにも見える。

「その……私もあのお店で出されるケーキを好んでおりますので……」

「まぁ、そうだったのね。それならそのお店にしましょう。食後に一緒にケーキを食べましょうね。そうだ、お土産のケーキも買って帰りましょう」

「……はい」

レンはまた小さな声で恥ずかしそうに言う。ふふっ、男の人が甘いものが好きでも問題ないのに。レンの新たな一面が見られて嬉しい。

店内へ入ると、あのカフェの系列店だけあって女性客が多かった。男性客がいないわけではないけれど、女性と二人で来ているので恋人同士だろうか。私とレンも、周りからはそう見えているのかも……。チラリと隣にいるレンを見上げる。彼は特に気にしている様子はない。

「どうかしましたか？」

「いいえ、何でもないわ。お花がたくさん飾られていて、可愛らしいわね」

「はい。私も中に入るのは初めてですが、いつものカフェに似た感じですね。個室はないですが、仕切りで分けられている席があるそうなので、そちらの席を予約致しました」

「ありがとう」

私のプラチナブロンドの髪色は街では珍しい。だから、私が店内で帽子を外しても目立たないように、他の客と距離のある席を予約してくれたのね。でも……目立つのは、私だけではない。

レンも十分に店内にいる女性客の視線を集めている。きっと私が側にいなければ声を掛けられていたに違いない。仕切られている席にしてもらって良かった。女性客の目が気になって、落ち着いて食事を出来そうにないもの。そう思いながら店員さんの後をついていくと……

「こちらは、カップルシートとなっております。ごゆっくりお過ごしください」

そう言うと、メニューを置いて店員さんは去っていった。二人掛けのソファーを前に、二人でどうしたものかと固まる。二人で座るには距離が近過ぎるわね。でも、今更席を変更だなんて出来ないわ。外で並んでいる人達もいたし……

「……申し訳ございません。私の調査が不十分だったようです。今すぐに店員を呼び戻して――」

「いいえ、このままでいいわ。混んでいるし、今から席の変更は難しいと思う。少し恥ずかしいけれど、レンが問題なければ座りましょう？」

「私は……メルティアナがよろしければ……」

レンは小さく言って、出来るだけ端に寄るようにソファーに腰を掛けた。その恐縮している様子にクスリと笑いながら、私も座る。

席の変更は必要ないと言ったものの、これは……思った以上に近かったわね。少し動いただけで肩が触れ合ってしまいそうで、落ち着かない。世の中の恋人達は、普段からこんなに近い距離で過ごしているのかしら……

「メルティアナは何になさいますか？　この店のおすすめはオムライスというものなのですが、召し上がってみますか？」

レンが指さしたメニューを見ると、とても美味《おい》しそうなふわふわの卵料理が載っていた。

「おすすめと書いてあるくらいだもの、きっと美味《おい》しいのよね。それにするわ」

返事をしながらレンの方に顔を向けると、至近距離で視線が絡み、お互い固まってしまう。数秒見つめ合って、どちらからともなく視線を逸らす。私は下を向き、火照《ほて》った頬を冷やすように両手を添えた。

「あの、その……食後のデザートは何になさいますか？」

「えっ？　あ、そうね、何がいいかしら」

お互いに気まずさを誤魔化すように、再度メニューに視線を落とす。デザートはどれも恋人と食べることを想定しているようで、一つのお皿に二人分あるケーキやパフェが載っていた。一人用メニューは見当たらない。カップルシートと言っていたから、メニューもそれに合わせてあるのかしら。

どうしようと思い、視線だけをチラリとレンに向ける。

「……どれも美味《おい》しそうではありますし、あなたが好きなものをお選びください。取り皿を一つもらい、私の分はそちらに取り分けますので」

それなら、取り分けやすいものがいいわよね。柔らかくて崩れやすいものはやめるとなると、ケーキが無難かしら。

「では、このケーキにしようかしら。レンも食べられるかしら？」

「はい。美味《おい》しそうですね」

そう言いながら、レンは薄《うっす》らと微笑んだ。本当に甘いものが好きなのね。レンの好きなものを一つ知ることが出来て、良かったわ。

それからは、お互いに少しぎこちなさを残しつつも食事を堪能することが出来た。市井《しせい》にはこんなに美味《おい》しいものがあるのね。これからはもっと街に出て、みんなの暮らしを知っていきたいわ。

「朝から歩き通しですし、午後は湖でボートでもと思っているのですが、いかがですか？」

「いいわね。今日は天気がいいから、のんびり過ごすのも素敵だと思うわ」

「良かったです。ボート乗り場までは少し距離がありますので、馬車で向かいましょう」

「えぇ、そうしましょう」

レンにエスコートされ、お店の前に停めた馬車に乗り込む。斜め前に座ったレンは、自分のマジックバッグからラッピングされた箱を取り出した。

「メルティアナ。こちらを」

「私に？　何かしら」

リボンを解《ほど》き、蓋《ふた》を開けると、中には白いファーで出来たミトンが入っていた。ワインレッドのリボンが装飾されていて可愛らしい。

「その……この時季にボートに乗るのは冷えますので、よろしければそちらを着けていただきたいです。ちょうど、今日のお召し物とも合うと思いますので」

確かに、色や雰囲気が今日の服装とマッチしている。でも……これってレンの色よね。このミトンをプレゼントする意図は……？　私の気にし過ぎかしら。貴族は、異性に自分の色を入れたものをプレゼントすることで好意を示すけれど、それは貴族だけの風習かもしれないものね。

「ありがとう、とても嬉しいわ。大事に使わせてもらうわね」

ミトンに手を通すと、滑らかな手触りで心地よく、冷えた手が徐々に温かくなっていくのを感じる。

「今日は私がレンに色々してもらってばかりで、お礼が全然出来ていないわね。今日は、レンに日頃の感謝を示そうと思っていたのに」

「メルティアナが気にすることは何もありませんよ。今日一日、あなたの時間をいただけて、とても嬉しかったです。平民である私が、伯爵令嬢であるあなたの名を呼び、同じ時間を過ごすことが、どれほど貴重であるか、あなたにはきっと分からないでしょう。でも、それでいいのです。それが、貴族と平民との違いです」

普段何気なく会話をしていたから気付かなかった。レンは私との間にこんなにもしっかりと線引きをしていたなんて……。そんな風に思ってほしくないけれど、レンはそれが当然のことだと言わんばかりの様子で、気にしてはいないようだった。

「そんな……レンと私の関係を、平民だから貴族だからと考えたことはないわ。あなたは私の影なのだと――」

「そうです。私は――メルティアナ、あなたの影です。今日の外出は、影としては行き過ぎた行動なのです。私が、主人であるあなたの時間をもらうなど……」

「そこまで固く考えなくていいのよ。私の時間なんていくらでもレンに割くわ。今の私は伯爵令嬢ではなく、一人でひっそりと森で暮らすただの人だもの」

実際には伯爵令嬢のままだけど、それでもここではただの人として生活したいと思っている。薬を作って売り、収入を得て生活をする――そんな何気ない生活の中で、レンとも主従関係にかかわらず親しくしていけたらと思っていた。

「……今はそうですね。ですが、それはいつまでも続かない。だからこそ、今日は私にとってとても大事な時間なのです。メルティアナは、それに付き合ってくださった。それだけでいいのです」

「レン……」

「さぁ、そろそろ湖に着きそうですね。この話は終わりにしましょう」

「……えぇ」

この時間はいつまでも続かない。お兄様から一年という期限を付けられているけれど、今後のことを相談しなければと思いつつ言い出せずにいる。お見合いの件も、はっきりと自分の意思を伝えられていない。

お兄様と離れて寂しくないわけではないけれど、やっぱり今の生活を捨てたくないのだ。薬師《くすし》の仕事は充実しているし、お友達も出来た。リス達や子ウサギちゃん達もいるし……。私は一体どうしたらいいのだろう。

そんなことを考えているうちに、馬車の扉が開いた。目の前に広がる、澄み切った青空とキラキラと輝く湖面がとても美しい。風に吹かれて葉っぱが舞うのも風情があって良かった。冷たい風が先ほどまでの少し沈んだ気持ちを吹き飛ばしてくれるようだ。

「さぁ、メルティアナ」

レンの差し出す手に、自分の手を重ね、馬車を降りてボート乗り場に行く。ボートは二種類あり、手漕ぎボートと、漕ぎ手が付き、ボートの上でお茶が出来るようにテーブルなどがセットされている豪華なものがあった。恐らく私達が乗るボートは、テーブル付きね。

「メルティアナ、お待たせしました。どうぞこちらへ」

レンにエスコートされたまま、予想通りのボートに乗り込み座席に座る。クッションが柔らかく、快適にボート遊びが楽しめるようになっていた。

「冷えますので、こちらをお使いください」

そう言って、レンは私にブランケットを渡す。ミトンといい、ブランケットといい、レンは本当に気遣いがすごい。影というより私のメイドのようだ。

彼の負担を減らすために、メイドを連れてきた方がいいのかと思案する。でも、それだと一人暮らしにはならないし……自立も無理だ。メイドを呼んでしまえば、着替えから何から全て補助されてしまう。彼女達はそれが仕事だから当然なのだけれど、邸《やしき》にいる時ならいざ知らず、森での生活では不要なのだ。とりあえず、現状維持でいくしかない。

「ありがとう。今日ボートに乗るから、わざわざブランケットやミトンを用意してくれたのよね？」

「はい。この時期ですと風が冷たく、風邪をひかれては大変ですので」

「本当に用意周到ね」

「これくらい当たり前のことです。トーリでも同じように準備したでしょう。我々はそういう存在だと思ってください。あなたのために行動するのが我々の務めです」

確かにトーリでも同じようにしてくれたと思う。我が家の使用人達は本当に優秀な人ばかりだから。お父様もお兄様も人を見る目があるのは間違いない。

「でも、レンは今はプライベートでしょう？」

「それは……癖のようなものだと思っていただきたいです。メルティアナのために行動することが、すでに習慣になっておりますので」

職業病というものかしら。仕事に対して真摯に取り組んだ結果なので、ありがたくはあるのだけど……もう少し自分のことを考えてもいいと思うのよね。

「それでいいのかしら……」

「メルティアナは何もお考えにならなくていいのです。さぁ、ボートが出ます。景色を楽しみながら、お茶をいただきましょう」

レンはテーブルの上にあるティーポットを手にし、手慣れた様子でお茶を注ぐ。そこからお互いに言葉はなく、景色を眺めながらのんびりと過ごす。

ボートから降りると、家族連れが私達と同じようにテーブル付きのボートから降りてきているのが見えた。五歳くらいの小さな男の子を連れたその家族は、笑顔が絶えず幸せそうで、こちらまで心が温かくなってくる。

「素敵なご家族ね」

「そうですね。家族を大事にしているのが伝わってきますね」

私がもし……貴族籍を抜けてここで生活していくとなったら、こんな素敵な家族を作りたい。そんな幸せな未来を想像していると、突然、静かな湖畔《こはん》に蹄《ひづめ》の音が響いた。

何事かと振り返ると、麻袋で顔を隠した大柄の男性が一人馬で駆けて来るのが見えた。まさか強盗⁉　こんなところで⁉

隣にいたレンはすぐに私をかばうように前に出た。その手にはいつの間に取り出したのか、短刀が握られていた。私は邪魔にならないように、レンの背中に隠れる。すると、向こうから小さな男の子の泣き叫ぶ声が聞こえた。

「そっちか‼」

レンの背中から顔を出して辺りを見回すと、男が先ほどの男の子を担ぎ上げて走り去っていくところだった。

「なんてこと……」

父親と思われる男性は、馬車に繫《つな》いだ馬を切り離して追いかけようとしている。母親であろう女性は、「お願い！　誰か助けて‼」と泣き叫んでいた。

「レン、お願い。あの子を追って助けてくれないかしら？」

「しかし、あなたから離れるわけには――」

「私は大丈夫よ。トーリや他の護衛達も側にいるのでしょう？」

「確かにそうですが……」

レンはそう言いながらも、何度も男が走って行った方向を見ては、眉間に皺《しわ》を寄せている。助けに行きたいと思っているのに、私を残して行けないと葛藤しているのが見て取れた。

「お願い！　行って！　これは命令よ」

私はあえて強い口調でレンに告げた。きっとこう言わなければレンは動くことが出来ない。

レンは頷くと、近くの人に馬を借りて、男を追っていった。レンならきっと大丈夫。強盗一人くらいすぐに片付けて戻ってくる。その間に私は何が出来るかしら……そう思いながら辺りを見渡すと、男の子の母親が座り込んでいたため、急いで彼女のもとへ向かった。

「大丈夫ですか？」

「……っ。あ、あの、今、馬に乗って行かれた方は……？」

「私の護衛をしている者です。腕は確かですので、救助に向かわせました。きっと大丈夫ですわ」

彼女を落ち着かせるように、そっと背中を撫でて話し掛ける。彼女が少しでも安心出来るように。

次に、マジックバッグから種を一つ取り出した私は、それを地面に植えて植物魔法を展開する。

蔓《つる》はすごい速さで伸びていき、自《みずか》ら形を変えていく。やがて簡易的な植物の椅子が出来上がり、そこに母親を座らせた。

座り込んで汚れてしまった服に浄化魔法を掛け、マジックバッグから温かいレモネードを取り出すと、彼女に差し出す。

「一口でも飲むと落ち着くと思いますので、良かったらどうぞ」

「何から何まで、ありがとうございます……」

「お気になさらないで」

不安そうにしながら俯《うつむ》く彼女は、レモネードを一口飲んだ。しばらくすると、顔色が少し良くなったように見えた。気持ちが徐々に落ち着いてきたのかもしれない。息子さんが戻って来るまでは安心出来ないだろうけれど、少しでも心労を減らす手助けが出来たのなら良かったわ。

気付けば側にトーリが立っていた。レンが助けに向かったから、代わりにトーリが私の側で護衛をしているのね。

澄み渡る青空を見上げながら、私は二人の無事を祈った。


それからどれくらいの時間が経ったのだろうか。心配しながら待つ時間はとても長く感じると焦《じ》れていると、向こうからレンが馬で駆けて来るのが見えた。男の子の姿が見えなかったので、まさか……と不安になったものの、その後ろから父親と男の子が乗った馬が付いてきているのに気付く。

思わず立ち上がり、大きく手を振った。

「奥様、旦那様とお子さん、戻ってこられましたよ。良かったですね」

私の言葉に、母親は俯《うつむ》いていた顔を勢い良く上げると、手に持っていたカップの存在も忘れ、涙ながらに二人のもとへ駆けて行った。

転がったカップをトーリがさっと拾い、浄化魔法を掛けて綺麗にすると、私に「良かったですね」と手渡す。

「レンならきっと男の子を助けてくれると信じていたわ。それがトーリだったとしても、きっと同じように思ったわ。我が家の護衛達は優秀だもの」

「恐れ入ります」

トーリと共に喜びに浸っていると、場がざわつき始めた。今度は何が起こったのだろう。見れば、馬から降りた父親の手に抱えられた男の子の額《ひたい》から血が流れていた。すぐに手当てをしなければと走り出すも、騒動を聞いて集まった人達が多くてなかなか男の子に近付けない。

トーリが道をあけるように先導してくれたおかげで、どうにか男の子のもとに辿り着くことが出来た私は、さっそく怪我の具合を確認する。体には多くのかすり傷が付いていて、額《ひたい》はぱっくりと割れている。

これなら、私でも治療が出来ると判断し、すぐに水魔法で傷を癒す。見る見るうちに傷は塞がり血も止まったのを確認すると、浄化魔法を掛けて汚れた部分を綺麗にした。

「ありがとう……お姉ちゃん」

「どういたしまして。怖い思いをして今は辛いかもしれないけれど、お父さんとお母さんが付いているから大丈夫よ」

「うん……。その子、可愛いね」

男の子はそう言って私の肩にいるリコリスを指さした。リコリスを触らせてあげたら少しは気が紛れるかしら。

「触ってみる？」

「いいの？」

嬉しそうに男の子はリコリスを掌《てのひら》に乗せ撫でる。野生のリスをこんな風に触ることは出来ないから、貴重な体験よね。もう少しリコリスと遊ばせてあげましょう。

男の子が元気で良かったと思っていると、父親と母親がこちらにやって来た。

「ありがとうございます。息子を連れ帰ってくださっただけでなく、治療もしていただいて……何とお礼を言っていいのか……」

「お気になさらないでください。自分に出来ることをしただけですので」

「それでは私達の気が収まりませんわ。ねぇ、あなた。今度うちの商会で好きなものを選んでいただくのはどうかしら？」

「それはいい考えだ！　うちの商会は貴族の方々にもご贔屓《ひいき》にしていただいているので、商品には自信があります。是非！」

お礼なんていただかなくていいのだけれど……感謝の気持ちを無下には出来ないものね。ここは素直に受け取りましょう。

「ありがとうございます。それでは、後日伺わせていただきます。商会の場所はこちらの者に伝えていただけますか？」

「はい。お待ちしております」

トーリを紹介して彼らと話を終えた私は、次にレンのところへ向かった。体に傷がないことを確認したかったのだけど、特に服が破れていることもなく、彼は無傷だった。

「レン、男の子を助けてくれてありがとう」

「いえ、当然のことをしただけです。ですが……傷を負わせてしまったのは悔やまれます」

「あの子は、一体どうしてあんなに怪我をしていたの？」

「それが……男に追いつき、後ろから投げた短剣が肩に当たったのですが、奴は逃げられないと思ったのか、あの子を走っている馬の上から放り投げたのです。幸いなことに低木の生け垣に落下したので、あの程度の怪我で済みましたが……」

何ということを……スピードが付いた馬から男の子を投げ出すなんて。生け垣に落ちなければ、酷い怪我をして命にかかわっていたはず。本当に助かって良かった……

「馬を戻してきますが……トーリは近くにいますか？」

「あそこでご両親とお話ししているけれど、大丈夫よ。馬を戻すと言っても、すぐそこでしょう？」

「分かりました。では、行ってまいります」

レンが馬を連れて行った後、トーリの方を見ると、まだ男の子の父親と話をしていた。私は湖を眺めて待っていようと思い、湖畔《こはん》に近付く。

すると、女性が一人乗ったボートが岸に着いた。日に焼けた肌が健康的で、焦茶色《こげちゃいろ》の髪を肩の辺りで切り揃えた若い女性だ。よく見ると手から血が流れ、地面にぽたぽたと垂れていた。どうして今日はこんなに怪我人に遭遇するのだろうと思いながら、彼女に近寄る。

「大丈夫ですか？」

「驚かせてしまったわね。ボートの上でのんびりランチをしようと果物を剥《む》いていたら、ボートが波に揺られてナイフで思いっきり切ってしまったのよ」

いい天気なので、ボートの上でランチを取りたくなる気持ちは分かる。私は女性の手に治癒魔法を掛け、傷を癒した。彼女の「ありがとう」という言葉を聞いた直後、突然首の後ろに強い衝撃を受けて意識を失ってしまった。

目が覚めると、私は板が張られただけの床に転がされていた。

「いたた……」

起き上がると、首の後ろに痛みを感じたので、すぐに治癒魔法を掛けて痛みを取り除いた。治癒魔法の特訓をしていて良かった。

意識を失う直前、目の前の女性はにっこりと笑っていたけれど、彼女もグルなのかしら……

そんなことを考えながら辺りを見回すと、部屋の隅に六、七歳の男の子が三人、身を寄せ合って座っていた。

誘拐事件が解決したと思ったら、まさか私も誘拐されるなんて……驚きしかないけれど、今は現状を把握しなくちゃ。まずは、あの子達に話を聞いてみよう。

彼らをよく見ると、薄着で服が破け、体にはあざがいくつも出来ていた。話の前に寒さに震えるあの子達をどうにかしなければと思い、私は部屋の中に結界を張る。幸いなことに犯人はこの部屋にはいない。

「こんにちは。私はメルティアナというの。あなた達の怪我を見せてほしいのだけど、いいかしら？　私ね、こう見えても治癒魔法が使えるのよ」

怯《おび》えさせないように、距離は保ったまま優しく声を掛けてみる。しかし彼らは不安そうに瞳を揺らすだけで、何も答えてくれない。マジックバッグに子供の興味を引きそうなものが入っていないか、中を漁《あさ》る。バッグが取り上げられていなくて良かったわ。縛られてもいないし……私一人では何も出来ないと思われたみたいね。

マジックバッグから種を一つ取り出し、床の割れ目から地面へと落とすと、植物魔法を展開する。周囲がキラキラと輝き、徐々に床を割って植物が成長し始める。天井まで育ったところで、徐々に実が付き出した。

何が起こっているのか分からないと言うように、目を見開き固まる男の子達を横目に、育った桃をもいで一口齧《かじ》ると、瑞々《みずみず》しくてとても美味《おい》しかった。私がまた一口と食べていると、彼らの口から涎《よだれ》が垂れているのに気付いた。「食べる？」と声を掛けると、すごい勢いで頷く。手が汚れたまだといけないので、側に寄って来た彼らに浄化魔法を掛けて綺麗にする。顔の汚れが取れて、可愛い顔が出てきた。

「私ね、さっきボート遊びをしていたら誘拐されたみたいなの。あなた達はどうしてここにいるの？」

「俺達は……三人とも別の場所で誘拐されて、ここに連れてこられたんだ。身代金目的で裕福な家の子供を誘拐してるとかで……しかもお金を受け取った後、誰かに子供を売っているらしいんだ」

三人とも裕福な家庭で過ごしていたのなら、今のこの状況は余計に辛いだろう。私は成人しているけれど、いかにも貴族令嬢という見た目だからお金になると思われたのかしら。

それにしても、身代金目的の誘拐なのに人身売買までしているなんて……この子達も売られるところだったようだけど、そんなことは絶対にさせない。

「そうなのね……今頃、私の護衛達が捜してくれているはずだから、きっとすぐ助けが来るはずよ。

うちの護衛は優秀なんだから」

「でも、優秀だったら誘拐されてないだろ？」

「それは……」

他の誘拐事件が発生してみんながそちらに気を取られていた上、私がレンを助けに行かせたりしてしまったからであって、彼らのせいではないわ。それでも、私が誘拐された事実は彼らの失敗に繋《つな》がってしまうのね。

「とりあえず、結界を張ったから犯人が私達に手を出すことは出来ないわ。果物を食べながら籠城というところかしら……。さぁ、体の怪我を治したいのだけれど、見せてもらえる？」

「え？　傷も治せるのか？　お前何者だよ」

「ただの街娘よ」

彼らは不思議そうな表情をしながらも、シャツを脱いだ。体中にあざがあり、誘拐されてから殴られていただろうことが窺《うかが》える。こんな子供に手を上げるなんて……涙が滲《にじ》みそうになるのをぐっと堪《こら》え、私は治癒魔法を掛けた。

体の痛みが消え、桃を食べてお腹を満たしたからか、しばらくすると子供達の顔色が大分良くなっていた。彼らの状態が良くなったことにホッとする。

「誘拐犯はいつ頃様子を見に来ているの？　一日一回？　それとも何時間置きとかかしら？」

「あいつらは三日置きに様子を見に来てる。売る前に死なれたら困るからって最低限の食料を与えて、後は放置してるんだ」

なるほど、確かに部屋の隅に三日分くらいの食料が置かれている。綺麗な水や果物は、私の植物魔法で手に入れることが出来るから問題はない。体だって魔法で清潔に保てる。

三日間様子を見に来ないなら、その間に逃げ出せそうな気がするけれど、外がどうなっているのか分からないから、下手に動かない方がいいのかしら。

「ここがどこか知っている？」

「いや、奴らに、『ここは森の奥深くで、近くには獣《けもの》がいるから逃げても無駄だ』って言われただけ」

「そう……」

逃げ出しても森でさまようことになるのね……それに、また熊が出るかもしれない。リコリスがいればどうにかなるだろうけれど、この子達を連れて私一人で対応するのは難しそうだ。でも、きっと大丈夫。すぐにレンとトーリが助けに来てくれるわ。

そう信じていたものの、気付けば三日が過ぎていた。

「森の奥深くなら、ここまでなかなか辿り着けないわよね。でも、もう少しだから頑張ろうね」

そう子供達を励ましながらも、時間が経つにつれて、本当に助けは来るの？　もしかしたら、ずっとこのままここで籠城するしかないのかと、徐々に不安が押し寄せて来る。

でも、せっかく希望を抱いて元気になってきた子供達に不安な様子を見せるのは良くない。私は出来るだけ明るい声を出し、笑顔を絶やさないように心掛けた。お願い……早く助けに来て。

「うわっ、何だよこれ。中に入れねーじゃん」

突然ドアが開く音がしたと思ったら、見たことのない男が結界の外に立っていた。

誰かしら？　もしかして、犯人……？

男の後ろからひょっこりと顔を出したのは、私が怪我した手を治療した女性だった。つまり、この女性も犯人の一味だということ。あの時の……手を切ったのは、私を攫《さら》うためにわざとしたことなのね。

「本当だ。何これ。結界？　まさかお嬢ちゃんが？」

「こんな魔法を使えるとはな。とりあえず、これ解いてくれね？　そっちのガキが売れたから、今日連れて行かないといけないんだよな」

その言葉に、子供達は立ち上がり壁に向かって後ずさる。

私は怯《おび》える彼らをぎゅっと抱き締め、「結界は絶対に解かないから大丈夫。私があなた達を守るから」と声を掛けた。子供達は震えて声も出せない様子だったが、ゆっくりと頷く。

食料や水は魔法でいくらでも出すことが出来るし、結界を張り続けることも出来る。でも、これ以上籠城生活が続くと、精神は蝕《むしば》まれていってしまう。お願い……早く助けに来て……レン、トーリ……！

子供達を抱き締めたまま、私は上を向いて零れそうになる涙をぐっと堪《こら》える。

その時、犯人達の悲鳴が聞こえた。何があったのかと振り返ろうと思ったけれど、子供達に見せてはいけない気がして、彼らの目を覆うようにして強く抱き締め続ける。

今度は彼らの悲鳴に交ざって、剣がぶつかる音が響く。その中には聞き慣れた声も……やっと……やっと来てくれたのね。

安堵のあまり、これ以上堪《こら》えることが出来なくなった涙がぽろぽろと頬を伝った。

辺りが静かになったところで、子供達を離し、扉の方を振り返る。そこには髪を乱し息を切らしたレンが立っていた。

助けに来てくれた嬉しさに、気付けば駆け寄ってレンに抱き着いていた。

「……っ。お嬢様、遅くなり申し訳ありませんでした。怖い思いをさせてしまいましたね。もう大丈夫ですから」

そう言って、レンは安心させるようにぎゅっと抱き締め返してくれた。その優しさに、流れ落ちる涙が止まらず、しばらくレンから離れられなかった。

「メルティアナ様、そろそろ馬車の方へよろしいでしょうか？」

そう声を掛けてきたのは、肩にリコリスを乗せたトーリだった。私ったら、いつまでも泣いていてみっともないわね。子供達もきっと呆れて……あら？　子供達は？

周囲を見回す私の視線で気付いたのか、トーリが口を開く。

「あの子達は、すでに保護して先に街へと向かわせました」

「まぁ、いつの間に……全く気付かなかったわ」

「こんな状況ですし、無理もありません。あの子達もそっと出て行きましたからね。空気が読める良い子達でした」

「そう……最後にお別れの挨拶《あいさつ》がしたかったわね。でも、ご家族のもとに帰れるのなら本当に良かったわ」

近付いてきたトーリの肩から、リコリスが私の肩に乗り移る。そして、寂しかったと言わんばかりに頬擦りしてきた。「心配掛けて、ごめんなさいね」と言いながら指で頭を撫でてあげると、ひしっと指に抱き着いてくる。寂しい思いをさせてしまったわ。

外に出ると、お兄様と護衛達が待っていた。お兄様は魔道具で誰かと通信しているみたい。もしかしたら、私が見つかったとお父様に報告しているのかもしれない。私の行動の甘さが原因で、こんなところまでお兄様を来させてしまうなんて申し訳ない。

「メルっ！　何もされていないか？　救助までに三日も掛かってしまってすまない、もっと早く助けに来たかったのだが……」

いつも堂々としているお兄様が、今にも泣き出しそうに目を潤ませている。相当心配させてしまったようだ。怖くて泣きたかったのは私だけじゃない、私の帰りを待ってくれていたみんなも心配で怖かったのよね……

私は大丈夫だと安心させるように、お兄様の両手を握り締める。

「お兄様、私は大丈夫です。幸いにも犯人が今日まで小屋に来ませんでしたし、すぐに結界を張ったので、彼らが戻ってきたとしても何も出来なかったはずです」

お兄様は私の手を握り返すと額《ひたい》に寄せ、祈るように「良かった……」と呟《つぶや》いた。

助けに来てくれた護衛達にもお礼を言おうと、彼らの方を向く。すると、彼らは一斉に膝をついた。何事かと思って側にいたトーリとレンを見ると、彼らも同じように膝をついていた。

「メルティアナ様、この度は、お守りすることが出来ず、本当に申し訳ございませんでした。私共はどのような罰も受け入れる覚悟でございます」

「そんな……」

罰って……ちゃんと助けに来てくれたし、私は無事だったのだから構わないのに……

そう思いながらお兄様を見たものの、首を横に振られた。

「メルが言いたいことは分かるよ。だが、今回の誘拐は彼らの失敗だ」

「ですがっ！　レンは私の指示で男の子を助けに行き、その馬を戻すために少し離れただけです。トーリも私の指示で商会の場所の説明を聞きに行っただけで……。リコリスに至っては、私が男の子と遊ぶようにさせましたわ。それに、あの時は周りに人が多くて、他の護衛からも見えにくかったですし……」

彼らだけが悪かったのではない。私の判断も悪かった。せめてリコリスだけでも側に置いておくべきだったのだ。

「そうだね。しかし、どういった状況でもメルを守るのが彼らの仕事だ。それが出来るだけの実力を持つ者を選んでいるはずなのだから」

お兄様が言っていることは分かる。次期当主という厳しくしなければいけない立場だということも……どうしましょう。今回のことが理由で解雇されてしまったら、彼らはもう二度と貴族の家で護衛の仕事をすることは出来ないだろう。

「それよりも、今はゆっくり休もう。父上も心配しているから一緒に邸《やしき》に戻るといい。彼らの処分は後で考えようか」

「……分かりましたわ。お父様にも心配を掛けてしまいましたし、早く顔を見せないといけませんね。護衛達の処分については……私を助け出してくれたことも考慮していただけると嬉しいです」

「分かったよ」

そう言うと、お兄様はアランさんから借りたという転移の魔道具を起動し、私を連れて邸《やしき》へ戻った。護衛達は最後まで顔を上げることはなかった――


邸《やしき》に戻ると、私は出迎えてくれたお父様を抱き締めた。疲れただろうからゆっくり休むようにということで、三日ほど邸《やしき》で過ごすことになった。

私が邸《やしき》で過ごしている間の護衛はこれまでと違う騎士に代わり、レンやトーリは謹慎しているとのことだった。彼らの処分は半年の減給と決まり、解雇にならなかったことに一安心した。とはいえ、半年もの減給はかなり生活に響くと思うので心配だわ。

邸《やしき》での静養を終え、私は転移の魔道具で森の家に帰って来た。

出迎えてくれたのは、レンとトーリだ。今日からまた彼らが私の護衛を務めてくれることが嬉しくて、思わず二人を抱き締めた。

「お帰りなさい。またよろしくね」

私がそう言うと、二人は膝をつき頭を垂れた。

「メルティアナ様。本日からまたよろしくお願い致します」

「お嬢様。二度とあのような失態は演じませんので、これからもよろしくお願い致します」

「二人とも……その言葉、信用しているわ」

家の中に入ると、そこは出掛ける前のままの状態で、やっと日常に戻れたことを実感して胸が熱くなる。

自室で着替えを済ませ、マジックバッグを片付けていると、この間レンのために買ったものが出てきた。誘拐事件ですっかり忘れていたけれど、ちょうどいいから今渡してしまいましょう。

部屋から出てリビングへ向かうと、レンがお茶の用意をしていた。

「レン、お茶の用意をありがとう。それとね、この前一緒に街へ遊びに行った時に、黒バラと花瓶を買ったでしょう？　あんなことがあって渡せなかったけど……良かったら受け取ってもらえるかしら？」

「私のような者がいただいてもいいのですか？」

私が誘拐されたことを引きずっているのね……でもそんな言い方はしてほしくないわ。

「レンと過ごして楽しかったもの。あなたのために買ったものだから、あなたしか受け取ることは出来ないのよ？」

「……ありがとうございます。本当に嬉しいです。これを見る度に、あの日の楽しかった時間を思い出せそうです」

そう言って嬉しそうに目を細めたレンの頬を、涙が伝う。その綺麗な煌《きら》めきにドキッとしながらも、私は何も言わずにそっとハンカチで涙を拭《ぬぐ》ったのだった。

森の家に帰って来た翌日、ルディさんと会う約束をしていたため、馬車でお店へと向かった。心配を掛けたくないので、誘拐のことはルディさんに言わないように、あらかじめトーリには伝えておく。

馬車から窓の外を覗《のぞ》くと、ルディさんが店の前に立っているのが見えた。こちらに気付いたルディさんは、馬車が止まったタイミングに合わせて扉の前まで来てくれる。トーリが扉を開けて手を差し出そうとするより先に、ルディさんが手を差し出した。

「メル、おはよう。わざわざ来てくれてありがとう」

「こちらこそ、せっかくのお休みなのにありがとう」

トーリの視線がやけに厳しいのを不思議に思いながらも、ルディさんの差し出した手に自分のそれを重ねて馬車を降りる。

「お店では話しにくい内容だから、うちへ招待したいんだけど、どうかな？　店の裏手にあるからすぐそこなんだけど」

リリーさんのことについて話したいと聞いていたけれど、確かにお店でする内容ではないわね。念のため、トーリに確認するべく視線を向けると、彼は一つ頷いた。

「構いません。ただし、私もお邪魔させていただきます」

「もちろん大丈夫です。それじゃメル、行こうか」

ルディさんは優しく微笑む。そういえば、いつも不思議とルディさんと手を繋《つな》ぐことに抵抗がない。この爽《さわ》やかな笑顔が安心出来るからかしら。

ルディさん宅に着くと、部屋にコーヒーの香りが漂《ただよ》っていた。先ほどまで豆を挽《ひ》いていたのが分かる。お店にいなくても朝からコーヒーを飲んでいるのね。

「飲み物の準備をしてくるから、二人とも座って待っていて。トーリさんはコーヒーでいいですよね？　メルはフルーツジュースかな？」

「私のことはお構いなく。職務中ですので、そちらで待たせていただきます」

そう言うと、トーリは壁の側に行き、姿勢良く立つ。遠慮せずにいただきましょうと言ったところで聞きそうにないのでそのままにさせておこう。

「トーリのことは気にしなくて大丈夫よ。私はフルーツジュースをいただこうかしら」

「分かった。メル、それにしても、大分敬語が取れてきたね。その調子で頑張って。じゃ、飲み物を持ってくるから待っていてね」

思わず零れ落ちたような無邪気な笑顔に、ルディさんは私が砕けて話せるようになったことを喜んでいるのだと分かった。自分でも意識はしていたけれど、話しやすいルディさんのおかげでもあると思う。

「お待たせ。これも良かったら食べてね」

ルディさんは飲み物をテーブルに置くと、可愛いお花の形をしたお茶菓子も添えた。本当に、私の周りにいる人達は、私の好きなものを把握して準備してくれるのがすごい。

「ルディさん、ありがとう。わざわざ用意してくれたのね」

「わざわざっていうほどのことでもないよ。メルの笑顔が見られたら嬉しいなと思って、つい買っちゃうんだ」

何ていい人……リリーさんが好きになってしまうのも分かるわ。ううん。リリーさんだけじゃなく、きっと他の女性達も。

納品に行った時に、よく女性客がルディさんを見つめているのを私は知っている。ルディさんと話をしていると、彼女達の視線を感じるから。優しくて、気が利いて、顔も整っているルディさんから、あの優しい笑顔で「いらっしゃいませ」と言われれば、女性達は釘付けになるだろう。

「ん？　どうかしたかな？」

「いえ、何でもないわ。ありがたく頂戴するわね」

飲み物とお茶菓子をいただき、一息ついたところでルディさんが話し始める。

「リリーがメルに失礼な態度を取ったみたいで、本当にごめんね」

「ルディさんが悪いわけではないので、謝ってもらうことではないわ」

「いや、原因は……私だからね。そうじゃなければ、リリーがメルにそこまで酷い態度を取ることはなかった」

それはそうだけど……でも、ルディさんがどうこう出来るものでもない。彼女の気持ちの問題だから。

「それは、リリーさんがルディさんのことをどう思っているのか、聞いたということ？」

「あぁ……。今までリリーの気持ちには全く気付かなかったんだ。可愛い妹が二人いるつもりで接してきたからね。それが、メルに迷惑を掛けることになるなんて……」

ルディさんは想像もしていなかったのだろう。出迎えてくれた時のような笑顔はなく、表情はとても暗い。テーブルの上で両手が握り締められているのを見て、私はこれ以上彼に自分を責めないでほしいと思った。

「私は特に危害を加えられていないので問題ないわ」

「そう言ってもらえると、少し心が軽くなるよ。本当ならリリーに謝罪させたかったんだ。でも、今は無理そうだから……」

「本当に気にしないで。それよりもリリーさんが、今どういう状態なのか心配だわ。あの、強く叱ったりとかは……？」

「少しきつく注意してしまったけど、あのくらい強く言わないと、リリーには響かないと思ってね。もう子供じゃないんだから、現実をちゃんと受け入れるべきなんだ」

好きな人から厳しい言葉を掛けられて、今どんな心境なのだろう。酷く落ち込んでいるだろうけれど、ここで私が同情や励ましをするのはきっと違う。結局、私がリリーさんにしてあげられることは何もないのね……

「リリーには、妹としてしか見られないし、これからもそれが変わることはないと伝えたよ」

「そう……」

「それで……メルに聞いてもらいたいことがあるんだけど、その前に、これをもらってくれるかな？」

そう言ってルディさんが取り出したのは、ラッピングされた小さな箱だった。何かしら。

「これは？」

「お詫びの品だよ。メルに似合うと思って。開けてみて？」

リボンを解《ほど》き蓋《ふた》を開けると、そこには青バラの髪飾りが入っていた。これは……収穫祭の時に着けていた髪飾りをイメージして作られたのかしら。

「とても素敵だけど、すでに謝罪はいただいているから──」

「遠慮しないでほしい。お詫びの品というのは口実でもあってね。この髪飾りを見つけた時に、一緒に街を回った時のことを思い出して、つい買ってしまったんだ。私が髪に着けてもいいかな？」

「え？」

向かいに座っていたルディさんは静かに立ち上がり、私の隣に腰掛けると、髪飾りを髪に着けてくれた。

「うん。とてもよく似合うよ。本当に……美しい」

髪飾りを着けたルディさんの手はそのまま髪を滑り、ひと房掬《すく》い上げてそこに口付けを落とす。

至近距離で見つめられて、視線を逸らすことが出来ない。

「メル。私はメルのことを愛おしいと思っているよ。知り合ってまだちょっとしか経っていないけど、出会った時から惹かれていたんだ。会う度にメルへの想いが深まっていくのを感じて、これ以上気持ちを抑えることが出来なくて……急なことで驚かせてしまったよね？」

照れたように頬をかきながら告白するルディさんに、私はただ驚くしかなかった。

まさかルディさんが私のことを好きだなんて、全く気付かなかった。こういう時どうすればいいのか授業でも習わなかったから、思わず固まってしまう。

「……あの、思ってもみないお話だったので、何と答えていいのか……」

「メル……」

髪に触れていたルディさんの手が、今度は私の頬に添えられる。一体何を……？　不思議に思っていると、視界の端でトーリが動いたのが見えた。

「そこまでにしていただきましょうか。ルディ殿」

気付くと、トーリの剣がルディさんの首筋に当てられていた。驚きのあまり、私は思わず声を上げてしまう。

「トーリ！　何てことを！」

「いや、メル。今のは私が悪かったんだ。トーリさんがこうするのは当然だよ。勝手に触れてごめん。つい……」

「でも、怪我でもしたら大変だわ……」

「大丈夫。ほら、傷一つないだろう？　彼は加減をちゃんと分かっているよ」

ルディさんは、剣が当てられた首筋がよく見えるように襟元を広げた。本当に少しも切れていない。良かった……

私が告白に対してもっと上手く対応していれば、トーリが剣を抜くようなことは起こらなかったかもしれない。貴族として生きてきたせいで、一般の人との距離感が掴《つか》めずにいるせいで、こんなことになるなんて。

「ごめんなさい……」

「謝らないでほしい。謝らなければならないのは、私の方だからね。想いを伝えたことで気持ちが昂《たかぶ》ってしまって……先走った行動をしたと自分でも思う。本当にごめんね。でも、メルにはよく考えて告白の返事をしてほしいんだ。私としては、これから先の人生を共に過ごしていきたいと考えている。軽い気持ちではないということは、分かってほしい」

「ルディさん……」

力強い眼差しでまっすぐ私を見つめるルディさん。彼は本気なのだと思った。告白どころか、プロポーズされた気分になる。

「さぁ、今日はもう帰った方が良さそうだね。返事は急がないから、ゆっくり考えてみて」

「ええ、分かったわ……」

トーリと一緒にルディさんの家を出て、用意されていた馬車に乗る。

「メルティアナ様。しばらくルディ殿とは距離を取られた方がよろしいかと」

「……これからルディさんのことをよく考えて答えを出さないといけないから、そうするわ」

だけど、先ほどの告白がぐるぐると頭を回るだけで、思考がまとまらない。貴族に恋なんてものは必要なかったから。お父様が決めた相手に嫁ぐことが、貴族令嬢の定めだったから。それが、現在、森で生活を送ることで、思ってもみなかった事態に陥《おちい》っている。

トーリは以前、『手放したくない、失いたくないと思える相手が出来たら言葉を惜しまないように』と言っていたけれど、私にとってそれはどんな人物なのだろう？

森の入り口で馬車が止まり、トーリが扉を開けるとレンが迎えに来ていた。

「お嬢様、お帰りなさいませ」

「ただいま、レン」

「……その髪飾りは」

「え？　これは、先ほどルディさんからお詫びの品としていただいたのよ」

「そうでしたか……」

心なしか、レンの声が沈んでいるように感じる。何かあったのかしら。

その時、トーリがレンに向かって真剣な表情で話し掛けた。

「レン。メルティアナ様が家にお帰りになった後、話がある」

「話？　何かあったのか？」

「トーリ、それってまさか」

「メルティアナ様。大事な情報共有ですので」

軽く頬に触れただけなのに……。確かに告白されたことは、返事がどうであれ、護衛をする上でレンも知っておいた方がいいのかもしれないけれど……

「……お兄様にも報告するのよね？」

「もちろんです」

「あの、あまりルディさんを悪く言わないでほしいの。その、思わずといった様子だったから……」

「私はありのままを伝えるだけですので、私情は挟みません」

「分かったわ」

表情を一切変えずに淡々と話すトーリを見て、これ以上お願いすることは諦めた。

「ルディ殿と何かあったのですか？」

「レン。それは、私から後で話す」

「分かった。お嬢様、いつまでも外にいるとお体が冷えますので、家に入りましょう」

「そうね」

レンとお兄様にどんな報告がされるのか、少し心配になりながら扉を潜《くぐ》る。

それから納品用の飴を作ったり、果樹の品種改良をしたりしたけれど、今日は朝から色々あって疲れてしまったので、早めにベッドに横になった。目を瞑《つぶ》るものの、ルディさんの言葉が頭から離れずなかなか寝付けない。

ルディさんは優しくていい人と思っていたけれど、それ以上深く考えたことはなかった。彼といると穏やかで楽しい時間が過ごせるし、気を許しているとは思う。これは、好きという感情に近いのかしら……？　それとも友情の範囲？　友達がいなかったので、その線引きが分からない。

様々なことが頭の中をぐるぐると回り、結局、答えが出せないまま朝を迎えた。

第三章　気付いた想いの先は……

「お嬢様、おはようございます」

「レン、おはよう」

「……お嬢様？」

朝の挨拶《あいさつ》をすると、レンは私の顔を覗《のぞ》き込むようにして屈んだ。どうしたのかしら……

「何かしら？」

「あまりよくお眠りになれませんでしたか？」

「え？」

「お顔の色が優れませんし、お疲れのように見えます」

心配そうに言われてしまい、私は思わず両手で顔を覆った。今日はお見合いの日だというのに……お化粧でどうにか誤魔化せるかしら。

「色々と考えていたら、眠れなくなってしまったの」

「ルディ殿のことですか……」

「えぇ。私もちゃんと考えなければいけないと思って」

お見合いが成立し、ルディさんの告白を断ることになったとしても、そもそも彼への気持ちはどうなのかきちんと答えを出さなくては。断る理由が、家が決めた相手がいるからというのは、ルディさんに失礼だろう。

俯《うつむ》く私を気遣うように、レンが優しい声で言う。

「では、朝食が済みましたら、少しお休みください。ソファーに寄り掛かって目を閉じるだけでも構いませんので」

「そうね。そうするわ」

朝食を取った後、レンがすすめる通り私は一時間ほど仮眠を取った。それから、そろそろ邸《やしき》へ戻ってドレスに着替えなければと思っていると、アランさんがやって来た。邸《やしき》まで転移の魔道具を使わせてほしいとお願いしていたのだ。

「妹ちゃん、行こうか」

「アランさん、いつもありがとうございます。邸《やしき》までお願いします」

アランさんの手を取り、お兄様達が待っている邸《やしき》へと転移すると……そこは我が家ではなかった。

立派な邸《やしき》の前にある大きな門には、見たことのある紋章が刻まれていた。ここは……もしかして、ガルベリア公爵家!?

「あ、あの、アランさん?」

「ん?」

「送ってもらう先が違うようなのですが……公爵家にこんな普段着で訪れるわけにはいきませんわ。お兄様のもとに送っていただけますか?」

誰かに気付かれる前に、早く伯爵家に行きたいと小さな声で懇願したけれど、アランさんは笑顔で首を横に振る。

「フェルにはさっき許可を取ったんだけど、妹ちゃんに話が行く前に、俺が連れてきちゃったみたいだね。まぁ、ドレスやアクセサリーはこちらで準備してあるし、使用人達も客間で待機しているから大丈夫だよ」

「え、あっ、ちょっと待ってください！」

邸《やしき》の中に入りどんどん廊下を歩いていってしまうアランさんを、私は小走りで追いかける。本当に彼の自由さには驚かされるわ。

案内された客室は、白と淡いグリーンの爽《さわ》やかな内装だった。調度品も良いものばかりで、センスの良さが窺《うかが》えた。中には五名の使用人が待機しており、着いて早々に浴室へと連れて行かれる。

「さぁ、時間がありませんので、今からお体を解《ほぐ》してしっかりと磨かせていただきます」

ここ数ヶ月のんびり一人で入浴していたので、大勢の使用人達にお世話されることに少し抵抗があったけれど、素直に受け入れることにした。

体を隅々まで磨き、オイルで全身をマッサージして保湿して……二時間もの間されるがままで、浴室から出た時にはぐったりしてしまった。

これから化粧をして髪を整え、ドレスに着替えなければならない。森でシンプルなワンピースばかりを着て過ごしているからか、ドレスがやけに窮屈に感じる。

用意されたドレスは私の瞳の色に合わせたエメラルドグリーンと、ホワイトのレースが幾重《いくえ》にも重なった、ふんわりと優しい雰囲気のデザインだった。問題は……アクセサリーだ。あしらわれた宝石が、お相手の瞳の色である黒曜石を使ったもの。以前貴族名鑑で顔を見たことがあったけれど、確か黒い瞳だった。これでは、まるで私がお相手に懸想しているように思われてしまうわ。

「あの……これ以外のアクセサリーはありませんか？　この色だと……」

「申し訳ございません。本日はこのアクセサリーを着けていただくようにと、アラン様より仰《おお》せつかっておりまして」

「そう……。困らせるようなことを言ってごめんなさいね。続けてもらえるかしら？」

「はい」

やっぱり、いきなりアクセサリーを変えたいなんて言っても無理よね。誤解されたらどうしよう。そんなことを考えている間に、準備が整っていた。髪は複雑に編み込まれ、アップにされている。最近は髪を下ろしていることが多かったから、こういう髪形をするのも久しぶりね。

「まぁまぁ、なんてお美しいのでしょう」

「本当に、お綺麗ですわ」

「この後れ毛が女性の色香を感じさせて、よろしいですわね」

使用人達が次々に褒め言葉を口にする。彼女達が頑張ってくれたから、いつもの何倍もよく見えるんじゃないかしら。

「ありがとう。おかげで、失礼のない格好でお会いすることが出来るわ」

アランさんに公爵家に直接連れて来られた時はどうなることかと思ったけれど、恥をかかずに済みそうで本当に良かった。

すでにお昼になっていたが、とても何か食べる気になれず、マフィンを少し摘《つま》んで紅茶をいただくだけにした。

「そろそろお時間ですので、どうぞこちらへ」

使用人に案内されて向かった先は、温室のサロンだった。てっきり来賓室などで硬い雰囲気の中、行われるものとばかり……

入り口まで来ると、お相手がすでに席に着いているのが見えて緊張が走る。

久しぶりの社交なので粗相がないように気を付けなければ。こういう時、マナーの先生からは「笑顔の仮面を被るのよ」と教わった。大丈夫。数ケ月前までは、貴族社会で無理にでも笑えていたじゃない。深呼吸をして気持ちを切り替える。さぁ、笑顔で行きましょう。

「今日は、私の都合に合わせてもらってすまない」

そう言って立ち上がった男性は、すらりと手足が長く、背も高い。お兄様より高いんじゃないかしら。濡羽色の髪は短く綺麗に整えられていて、瞳は黒曜石のように美しく、キリリと凛々《りり》しい目元は人の目を惹き付ける。少し厳しそうな雰囲気を感じるが、立ち上がって声を掛けてくれた時に目元が緩《ゆる》んだのを見ると、本当は優しい方なのだと思う。

「とんでもございません。こちらこそ、お忙しい中お時間をいただき、ありがとうございます」

「今日は気楽に過ごしてもらえたらと思い、サロンにさせてもらった。アランからあなたは花が好きだと聞いていたからな。あぁ、名乗るのが遅くなってすまない。私のことはハルトと呼んでほしい」

　話をしやすい空間作りをしてくれたことに、驚いてしまう。気を遣わなければいけないのは私の方なのに。わざわざハルト様がこの場所を指定してくれたのだろうか。次期公爵というお忙しい身分の方だから、使用人に丸投げしていいのに……

「お気遣いいただき、ありがとうございます。私は、ミズーリ伯爵家が長女メルティアナと申します。本日はよろしくお願い致します」

「そんな畏《かしこ》まらずに、と言っても難しいか。あなたは笑顔が素敵だそうだな。出来れば、お茶を飲みながら今の仮面を外せたらと思ってはいるが」

「え……」

「さぁ、いつまでも淑女を立たせているわけにはいかない。席に着こうか。女性が好むものを用意させたが、昼食の後だから無理して食べなくてもいい」

「ありがとうございます」

　昼食はほとんど食べていないけれど、食欲がないから、とても目の前のお菓子に手を伸ばす気にはなれなかった。そう言ってもらえて助かったわ。

「ドレスがとてもよく似合っている。まるで、花の精が迷い込んでしまったのかと思ったほどだ」

「そんな……お褒めにあずかり恐縮です」

　貴族の男性は、女性を褒めることから会話を始めるもの。ハルト様もお上手だわ。

「特に……その首飾りはあなたにぴったりだ」

そう言って目を細め、ハルト様は首飾りに視線を向ける。私は思わず首飾りを手で覆って隠してしまった。

「これは、その……」

「我が家で着替えて準備をしたと聞いている。大方、アランが勝手に用意したのだろう？」

「どうしてそれを……」

「兄弟だからな。アランの考えることくらい分かるさ。メルティアナ嬢が自分でその首飾りを選んで着けていると言ってくれたら、私も嬉しい限りだがね」

ウィンクをしながらそう話すハルト様は、思ったよりおちゃめな方なのかもしれない。

他愛のない会話をしながらお茶をいただく中で、アランさんが私をハルト様にすすめたと聞いた。

「貴族令嬢でありながら傲慢でなく、少し危なげなところがあるので守ってあげたくなる人柄だと聞いている」

「危なげなところ……ですか？」

「大事に守られて過ごしてきたのだろう。危機感が少し足りないとアランは言っていたか。まぁ、私であれば何からも守ってあげられるから、今のあなたのままで問題はないが」

「ハルト様……」

危機感……確かに足りていなかったと思う。だから誘拐なんてされてしまうのよね……。もう少ししっかりした大人になれるように精進しないといけないわ。

「ただ、メルティアナ嬢にとって、家のためという理由でこの見合いを婚約に結び付けようとする

のは良くない。それでは、あなたの意思を無視することになってしまうからな」

そう言って、ハルト様は凛々《りり》しい目を細め優しく微笑んだ。私が断りにくくならないようにしてくれているのが分かる。その気遣いは嬉しいけれど……

「ですが……私は、このお話をいただいた時に覚悟はしています」

「メルティアナ嬢。私は、領民のために作物の品種改良したり薬を作ったりしているあなたの行いは、とても素晴らしいと思っている。そんなに領民のことを考えられる令嬢も珍しい。出来れば、あなたのような女性と支え合い、生涯を共に出来ればと考えているんだ。だが、そこに本人の想いが伴わなければ、お互いが不幸になってしまう」

私の想い……？　政略結婚にそんなものは不要なのに、どうしてそこまで尊重してくれるのだろう？　彼の優しさに喉の奥が締め付けられる。

「私の想いと言いましても、貴族令嬢は当主である父の決めた相手に嫁ぐものだと――」

「まぁ、普通はそうだろう。今日メルティアナ嬢と会って、あなたとなら良い関係を築いていけると思った。ただ、私は婚約する相手に、すでに想い人がいるようであれば無理強いはしたくない。あなたが今誰にも想いを寄せていないというのであれば、私が幸せにする自信はある。もしそうでないのなら引き下がろう。あなたの悲しむ顔は見たくないからな」

まっすぐ目を見つめそう語りかけるハルト様は、言葉にする全てに責任を持っているようだ。次期当主としての貫禄がすでに備わっている。

想い人……昨日からそのことばかり考えている。ルディさんの告白のこともあるし、何より私が好きなのは誰なのか……

「想い人なんて、おりませんわ……」

「本当に？　よく考えてごらん。側にいないと寂しいと思ったり、もっと近くにいたいと思う相手はいないか？　その男性が他の女性と親しく話し、触れ合っていたら嫌だと感じないか？　他の女性と結婚して、自分の側を離れてしまったとしたら？　さぁ、どう思う？」

私から離れてしまったら……？　そんなこと考えたこともないから、何と答えていいのか分からない。

「私……」

「今日のところは、返事は保留にしておこうか。家に帰ってゆっくり考えてから、返事をしてほしい」

「ですが……」

「今日はメルティアナ嬢と会えて良かった。これも何かの縁だ、薬を仕入れたいのだが、いいかな？」

私の返事がどうであれ、仕事で繋《つな》がろうとしてくださっているようだ。ハルト様の優しさに思わず視界が滲《にじ》むが、ぐっと堪《こら》えた。

「そんな顔をしないでいい。メルティアナ嬢の作る薬は品質が高いと好評だからね。私としてもあなたと取り引きが出来るのを楽しみにしていたんだよ」

こんなに気遣ってくれているのに、いつまでも暗い顔をしていてはいけない。私は上辺だけの笑顔ではなく、心から感謝を込めて出来る限りの笑みを向けた。

「ハルト様、ありがとうございます」

「……いい笑顔だ。今日見ることが出来て良かった」

彼の優しさでお見合いの返事は保留となったが、薬を取り引きする形で公爵家と縁が続くことになった。

今は疲れていて、ハルト様が言っていた内容をゆっくり考える余裕がない。まずは休んでからと思いながら、アランさんの転移の魔道具を使って自宅に戻った。すると、魔道具の側でレンが待機していた。

「お嬢様。お帰りなさいませ」

「レン……」

レンの顔を見たら一気に緊張が解けたのか、体の力が抜けて……視界が黒く染まっていく。

「お嬢様っ‼」

意識を失う前に、レンが見たこともない焦った表情をしていて、また新たな一面を見られたと嬉しく思った。


目が覚めるとベッドに横になっていた。

「私……いつの間に眠ったのかしら」

「お嬢様っ！　お目覚めになりましたか。体調はいかがですか？」

「レン……？」

体を起こそうとしたけれど、一瞬目の前が暗くなり倒れそうになる。すんでのところで、レンが力強く支えてくれた。

「無理はなさらないでください。まずは水分を取りましょう。このまま支えておりますので、こちらをお飲みください」

「ありがとう……」

一口水を飲むと、実は喉が渇いていたことに気付き、そのままグラスに入っている水を飲み干した。

「私はどうしたのかしら？」

「家に着くなり、お倒れになりました。すぐにアラン殿がお医者様と公爵家の使用人を連れてきてくださいまして、着替えなどはその使用人が行いました」

「まぁ、ガルベリア家の皆さんには、ご迷惑をお掛けしてしまったわね。後日、お詫びに伺わなければ……」

こんなことで人の手を煩《わずら》わせてしまうなんて、本当に何をやっているのだろう。自分が情けなくなってしまう。それでも、ハルト様はこれくらい迷惑でも何でもないと言ってくれそうだ。二時間ほどお話ししただけなのに、彼の人柄が何となく分かった。人格者なのね。

「お嬢様。今は体を休めることだけをお考えください。お医者様によると、慣れない環境で疲れが溜まっていたのだろうとの診断でした。昨日はあまりお眠りになれていませんでしたよね。食事も満足に取れていらっしゃらなかったようですし」

　森での生活は、リコリスや子ウサギちゃん達に常に癒されていたけれど、自分でやらなければいけないことばかりだった。仕事もしていたから、気付かないうちに実は疲れていたのかもしれない。最近は誘拐事件もあったから余計によね……

「自己管理も出来ないなんて駄目ね」

「私もお嬢様のご体調を把握出来ず、申し訳ございません」

「レンが謝ることではないわ。これからは、もう少し自分の体を気に掛けるようにするわね」

「はい。そうしていただけると、私も安心です。お嬢様がお倒れになった時は、生きた心地がしませんでした」

「心配させてごめんなさいね」

　あの時の焦ったレンの顔を思い出し、思わずくすりと笑ってしまう。

「さぁ、お嬢様。そろそろ横になってお眠りください。今日は、朝まで私が側に付いておりますので」

「あの、手……眠るまで、手を繋《つな》いでいてもらえる？」

「え？」

「いいえ、何でもないわ。お休みなさい」

　つい口にしてしまったことが恥ずかしくて、私はレンに背を向けて横になる。弱っているからといって、子供みたいに甘えるなんて……

「……私の手でよろしければ喜んで」

レンの言葉に振り向くと、彼は私に手を差し出していた。レンも恥ずかしいのか、月の光の中でも耳が色付いているのが見て取れた。

差し出された手に手を重ねると、ひんやりとした体温が心地よい。手を繋《つな》いで街を回った時とは状況が違うからか、やけに胸が高鳴る。

ふと、ハルト様が言っていた言葉が頭を過った。離れてしまったら嫌な人……？　重ねられたレンの手を見つめる。

誘拐された後、私の護衛から外れてしまい、寂しいと思った。早く戻って来てほしいと思った。彼が他の女性と一緒にいるところを想像してみると、胸が締め付けられる。私は思わず空いている方の手を胸に当てた。そうだったのね……私は……

「お嬢様、大丈夫ですか？　苦しいのですか？」

心配そうに見つめる彼の瞳に吸い込まれそうになる。その濃く深い赤い瞳に、私はもっと前から魅入られていたのかもしれない。

「いいえ、大丈夫よ」

「そうですか……。そろそろお休みになった方がよろしいかと思いますが、眠くないようでしたら、私がしばしお相手致します」

「話し相手になってくれるの？」

「もちろんです」

「ありがとう」

そうは言っても、自分の気持ちが分かったばかりで少し混乱しているから、何を話せばいいのか思い浮かばない。レンは何かあるかしら？　と声を掛けようとしたところで、彼が口を開いた。

「今日の……お見合いはいかがでしたか？」

レンは言いにくそうにしながらも、はっきりとした口調で聞いてきた。レンもお見合いが成功してほしかったのかしら……

「お相手のハルト様は、とても優しくて気遣いの出来る方だったわ。私の薬を購入したいと言ってくださったの」

「……っ。良いお相手だったのですね。それは安心しました」

繋《つな》がれた手に少し力が入る。レンの表情を窺《うかが》おうとするも顔を背けられて、彼が今どんな気持ちでいるのか分からない。

「良い方だったわ。自信に満ち溢れていて、私を幸せにする自信があると仰《おっしゃ》って……。女性なら誰しも惹かれるようなお方だと思う」

そう、私にはもったいない人だった。私に好きな人がいなければ、結婚して幸せになっていたと思う。そんな想像が出来てしまうほど、素敵な人。

「でもね、まだ婚約は整っていないのよ」

「え……？」

「ハルト様が、私に想い人がいるなら、このまま話を進めるとお互いが不幸になると仰《おっしゃ》ったの。

家のために嫁ぐのが貴族令嬢としての義務であるというのに、ハルト様はそんな考えには縛られないお方なのね。よく考えて返事をするようにと言われたわ」

「想い人、ですか……？」

さらに握られた手に力が入る。レンは今度は顔を背けることなく、私を見つめてきた。その相手は誰なのかと問うように。

「私もハルト様に言われるまで自覚がなかったのだけれど……。私、いつの間にか好きになっていたのだわ」

「……」

政略結婚が当たり前の貴族社会で、恋愛なんて物語の中だけのものだと思っていた。まさか自分が誰かに恋するようになるなんて……

自覚した途端、好きという気持ちが急速に高まっていき、想いが溢れ出す。すぐにでも気持ちを伝えたい。あなたが好きなのだと、素直に言いたい。

私は体を起こし、しっかりとレンを見つめる。

「私……レン、あなたが好きなの。あなたが側にいないなんて考えられないわ」

私の告白に、レンは言葉を発することなく、身動き一つしない。突然のことだから、驚かせてしまったのだろうか。それとも、迷惑だからとか……？

レン、あなたは私をどう思っているの？　私はただの護衛対象で、主人でしかないのかしら？

「レン……？」

何も言葉を発しないレンに不安が募り、恐る恐る呼びかける。やっぱり、私の想いは迷惑だったのね……。

「……っ、ごめんなさい。今のは忘れてくれて構わないわ。少し一人になりたいから――」

「お嬢様っ！」

涙が零れそうになるのを堪《こら》えながら横になろうとした瞬間、レンに抱き締められる。

「……お嬢様。私は夢を見ているのでしょうか？　今……私を好きだと仰《おっしゃ》ってくださいましたか？」

レンの腕の中で静かに頷くと、彼が息を呑んだのが分かった。

「お嬢様は、次期公爵様よりも私を選んでくださるのですか？」

抱き締めた体を少し離し、レンは信じられないというような目で見つめてくる。私は、あなたしかいないのだと伝えたくて、ぎゅっと抱き締めた。

「選ぶだなんて……。ただ、私があなたを好きなだけ。レンは私のことをどう思っているの？」

「主従関係にある方に対してあるまじきことですが……私は、もう何年もお嬢様を想っておりました」

……え？　何年も？　今そう言ったかしら？　本当に？

レンに言われた言葉が上手く呑み込めず、頭の中でぐるぐると回る。私が愛を告げた時のレンもこんな状態だったのだろうか。

「お嬢様の影を任され毎日見守り続けているうちに、恋焦がれるようになっていたのです。いけないことだと分かっていながら……」

「では、レンも私のことを好きだと……？」

「はい」

「うそ……」

両想いだと思っていなかったから、驚きのあまり思わず否定してしまう。

「嘘ではありません」

「……全然気付かなかったわ」

「お嬢様に気付かれるようでは影から外されてしまいますから、徹底して秘めておりました」

じゃあ、本当にレンも私のことを？　私、今もしかして眠っていたりしないわよね……？

「レン。私、今ちゃんと起きているかしら？」

「……お嬢様も私と同じように夢を見ていると思っていらっしゃるようですね。幸いなことに、二人とも起きております」

はっきりとしたレンの言葉に、ようやくこれが現実だと実感して、自然と涙が零れ落ちる。あぁ、人は幸せを感じても涙が流れるものなのね。先ほどまでは、不安で泣きそうになっていたというのに。

レンは宥《なだ》めるように背を摩《さす》ると、私の涙に唇を寄せた。

「これは、嬉し涙だと思ってよろしいでしょうか？」

「ええ、嬉しいわ。レンは私のことを主人としてしか見ていないんじゃないかって、不安だったから……」

「私の方こそ、お嬢様は私をただの護衛として見ていらっしゃるのだと思っておりました。まさか、私のことを想ってくださっていたなんて……本当に夢のようです。フェルナンド様が何と仰《おっしゃ》るかは分かりませんが」

レンが不安になるのもよく分かる。私は伯爵令嬢で、レンは平民。普通であれば許されないだろう。しかし……私は婚約を解消したというキズがあり、貴族社会から離れて森で生活している。家のためにお見合いはしたけれど、公爵家との繋《つな》がりが出来れば成立しなくても問題は起こらなそうだし、もしかしたら認めてもらえるかもしれない。

「お兄様にはすぐに連絡するわ。ずっとここでの生活を続けていきたいということも含めてね。これからも一緒にいてくれる？」

「もちろんです。お嬢様のいる場所が、私のいる場所です」

「レン……」

そうして初めて触れ合ったレンの唇は優しくて、ひんやりとしていた。想いが通じ合ったことで、少しでも触れ合っていたい、甘えたい気持ちがどんどん溢れてくる。

私の隣に腰を下ろしたレンに寄り掛かる。するとレンは私の腰に手を添えて、そっと抱き寄せてくれた。先ほどの口付けを思い出し、恥ずかしい気持ちと嬉しい気持ちが交互に訪れる。

その時、ふとあることに気が付いた。私の涙を拭《ぬぐ》ったり、口付けしたりしたレンの行動は、かなり自然だった。考えたくないけれど、私より年上な分、過去に女性と色々あったわよね……？　終わったことを気にしたところで今更どうにもならないのに。

「お嬢様……？」

レンは私が沈んだ気持ちになったことを感じ取ったのか、顔を覗《のぞ》き込み様子を窺《うかが》ってくる。

「いえ……その、レンが慣れているようだったから、いい大人だし経験が豊富なのかなと……」

気になってつい口にしてしまったけれど、こんなこと急に言われたらレンも困るわよね。

「……っ。それは――」

「いいの。ごめんなさい、忘れて」

やっぱり言わなければ良かった。レンから他の女性の話なんて聞きたくないわ。

「いいえ、お恥ずかしい話なのですが……。お嬢様の影に付かせていただいてから、お嬢様以外の女性に興味を抱けず……」

そう言うと、レンは赤くなった顔を手で覆い俯《うつむ》く。

「その……女性と付き合った経験もありませんので、口付けも先ほどしたのが初めてです」

「えっ⁉」

本当に？　お祭りの時も女性に言い寄られていたりしていたのに？

「常にお嬢様のお姿を見て過ごしていたのですから、他の女性など目に入りません。お嬢様以上の女性などそうそうおりません」

「……？」

どういうことかしら？　レンの言っている意味が分からず、思わず首を傾げてしまう。

「お嬢様には、ご自身がどれほど人を惹き付けるのかを分かっていただく必要がありますね。想いが通じ合ったといっても、今後もお嬢様に想いを寄せる男性が現れると思うと……」

その場面を想像したのか、レンは唇を噛み、苦い顔をする。私もレンが他の女性と一緒にいる場面を想像して嫌な気持ちになったけれど、二人して同じことを心配しているのね。

「もし今後そのような男性が現れたとしても、私が愛しているのはレン、あなたよ。私の方こそ、レンが他の女性に言い寄られるのを見てヤキモキしそうだわ。すでにお祭りで女性に声を掛けられていたでしょう？」

今になってあの時のことを思い出すと、もやもやしてしまう。あんなグラマラスで大人な女性から何度も言い寄られるようなことがあれば、もしかしたら……ううん。レンは何度でもあの時のようにきっぱりと断ってくれるわ。

「私はお嬢様以外の女性には一切興味がありませんので、ご安心ください」

「ふふっ。好きな人がいるって、こんなに嬉しいものなのね」

「私もこの時間がとても愛おしいです。あなたを愛していると言葉に出来ることが、本当に幸せで……」

そう告げるレンの瞳は揺れ、涙の膜が張っている。つられるように、先ほど止まった涙が零れそうになった。

「レン、何度でも言うわ。あなたが好き。想いが通じ合えて幸せよ」

幸せいっぱいの私の言葉の後、レンの頬を涙が一滴零れ落ちた。初めて、涙を流す男性が美しいと思った。

あの後、本当に体調が悪かったこともあり、レンに手を繋《つな》いでもらったまま眠った。

今日は、仕事をせずに一日体を休めるようにとお医者様に言われたこともあり、ベッドの上で読書をして過ごすことにした。

でも、お兄様に今後この生活を続けて行きたいという気持ちと、レンとの関係を話さなければならない。朝早くだとお兄様も忙しいと思うし、お茶の時間に連絡を取ってみましょう。

そんなことを考えていると、扉をノックする音が聞こえた。

「お嬢様。朝食をお持ちしました。入ってもよろしいでしょうか？」

「朝食？　えぇ、構わないわ」

私が許可すると、トレイを手にレンが部屋に入ってくる。彼を見た途端、昨夜のことを思い出して頬が熱を帯びる。私……昨日、レンと……

「お嬢様？　顔が赤いようですが、お熱が？　ちょっと失礼します」

そう言うと、レンはトレイをサイドテーブルに置き、額《ひたい》を合わせて熱を確認する。かなりの至近距離に、余計に体温が上昇していく。

「少し熱いですね。朝食は召し上がれそうですか？」

「体調が悪いわけではないから大丈夫よ。それより、今日はここで朝食を？」

「はい。お医者様からも体を休ませるように言われておりますので、準備して参りました」

今は仕事中だから以前と同じように接しているのは分かるけれど、昨日の甘い雰囲気を知ってしまうと、この差が寂しくなるわね……

「ありがとう。それと……レン。私達、その……恋人同士になったでしょ？　だから、名前で呼んでほしいのだけど」

「ですが……今は職務中ですので」

「そんなこと言っていたら、側にいる時はずっと職務中だわ」

それではいつまで経っても恋人気分にはなれない。それは少し寂しい。

「確かにそうですが……」

「それなら、この家にいる時だけは名前で呼ぶのはどうかしら？　さすがにトーリや他の護衛達の前で名前を呼ぶのは抵抗があると思うから」

「それでしたら、善処致します」

「良かったわ。昨日の今日で、少し恥ずかしい気持ちはあるのだけれど、恋人らしく過ごしてみたくて……」

恋人達がどのように過ごしているか分からないけれど、今のままではただの主従関係と変わらない。呼び方を変えて、これまでとは違う関係だと分かる過ごし方をしてみたかった。

「では、メルティアナ……少し失礼しますね」

そう言うと、レンは私の頬に手を添えて優しく口付けた。

「おはようございます。メルティアナ」

「お、おはよう？」

「毎朝、このように朝のご挨拶《あいさつ》をしてもよろしいですか？」

「えっ、か、構わないわ」

恥ずかしいけれど、恋人らしいわよね。あっ、おはようの挨拶《あいさつ》があるなら……

「それなら、夜のお休みの挨拶《あいさつ》もしてくれるのかしら……？」

「あなたが望むなら、喜んで」

優しく目を細めるレンに、今までとは違う熱を感じた。ただの護衛対象ではなく、恋人に向ける、愛を感じる温かい眼差し。何年も私への想いを秘め続け、その視線さえも封じてきたのね。本当に何も気付かなかった。

私が告白しなければ、きっとレンは何も言わずに想いを隠したまま過ごしていたのかと思うと、胸が苦しくなる。思わず目の前にいるレンをぎゅっと抱き締めた。

「メルティアナ……？」

「大好きよ」

「私も……誰よりもあなただけをお慕いしております」

強く抱き締め返され、愛しさが募っていく。しばらく抱き締め合っていたが、そろそろ朝食を取らなければと思い、スプーンを手に取った。

朝食を済ませると、アランさんにハルト様の予定を確認してもらった。すぐにでもお見合いのお返事をしたいけれど、お忙しい方だから難しいだろう――そう思っていたが、明日少しだけ時間が取れるとのことだったので、公爵邸へ伺うと伝える。

今回は自分で身なりを整えたいと思ったため、お兄様に連絡を取り、実家に寄ることにした。お兄様には、ハルト様からよく考えて返事をするように言われていると伝えたが、スローライフの継続とレンとのことはまだだ。一度に全部だと驚かせてしまうだろうけれど、今日中にお兄様に話をしておきたいと思い、これから伯爵家に向かうことに決めた。

「そろそろ行きましょう」

私が声を掛けると、レンが屈み私の腰に手を当てた。

「それでは、首に手を回してください」

「え？」

「ふらつくといけませんので、今日は私が抱えてお連れします」

そう言うと、私の返事を待たずに、横抱きにして部屋を出ていく。さすがに、今日は倒れるなんてことないと思うけれど、大人しくレンに従うことにした。すると、部屋を出たところで、リコリスが飛び乗ってくる。

「今日は部屋に籠もってばかりで、全然一緒にいられなかったわね」

いつものように、てしてしと私の頬を叩くリコリスが可愛い。リコリスを愛でているだけで体調が良くなりそうな気がするわ。

外に出ると、アランさんが魔道具を手に待っていた。

「アランさん、いつもありがとうございます」

「どういたしまして。……体調悪いみたいだけど、大丈夫なの？」

アランさんは家から出てきた私達を見て、少し驚いたような表情をして首を傾げた。

「これは……レンが心配性なだけですわ。歩けないわけではないのですが……」

「ふーん。まぁいいや、行こうか」

「はい」

アランさんに連れられて伯爵家に戻ると、すぐに自室のベッドに寝かされた。

「あの……そこまで具合は悪くないのだけれど」

「いいえ、お嬢様！　お倒れになったと伺いました！　今日は絶対安静です」

「そのお話を聞いた時は、血の気が引きました。お一人での生活は大変でしたでしょうに無理をなさって……」

メイド二人に起き上がろうとした体をベッドに戻され、動けなくなる。心配を掛けてしまったものね。今は大人しく従いましょう。

お兄様と早く話したいと思いながら、クッションをヘッドボードと背中の間に敷き詰めて本を読んでいると、ノックの音が響いた。私が応えると、お兄様が部屋に入って来た。

「メル、体調は大丈夫かい？」

「大丈夫ですわ。みんなが心配し過ぎなのです」

お兄様はベッドに近付き、私の額《ひたい》に触れて熱を測った。いつまでも手の掛かる子供みたいで恥ずかしいわ。

「……熱はなさそうだ。倒れたと聞いた時は、すぐに駆け付けることが出来なくて悔しい思いをしたよ。あまり無理をしてはいけない」

最近はお兄様に心配を掛けてばかりだわ。自己管理をしっかりしないと駄目ね。ハルト様の前で倒れなかっただけ良かったけれど。

「心配させてしまってごめんなさい。私も倒れるまで自分が不調だなんて思っていなくて……今後は気を付けますね。……あの、お兄様に相談とご報告があるのですが、今お時間大丈夫ですか？」

「相談と報告？　お見合いの件かな？　返事は保留にしていると聞いてはいるが……」

お見合いの後だから、お兄様がそう思うのも無理はない。確かにその話もあるけれど、今から伝えることはお兄様を驚かせてしまうだろう。こんな我儘《わがまま》、到底許してもらえないかもしれない。それでも私の気持ちを知ってほしい。

「その件もそうなのですが……お兄様、私このまま森で生活を続けたいのですが、駄目でしょうか？　ハルト様のご厚意で政略結婚せずとも公爵家と薬の取り引きをするという縁が出来ましたし、領民のために品種改良もしていきます」

「……そんなに今の生活が気に入ったのかい？　私は、一年経ったらメルが戻って来てくれるものと思っていたのだが」

お兄様は驚くあまり思わずといったように口に手を当てた。お兄様は、私がただ気分転換に森に住居を移しただけだと思っているようだ。

「お兄様やお父様と離れて生活するのは寂しいですが、二度と会えないわけではありません。我儘《わがまま》を言っているのは分かっています。でも、森での生活に馴染んだ今、もう貴族社会に戻れるとは思えなくて」

森に行く前の自分の世界は、笑顔の仮面を張り付けた上辺だけの人間関係が多かった。でも、温かい人達に囲まれた世界を知り、もう貴族社会に馴染めないと感じたのだ。

「幼い頃から貴族令嬢として教育されているのだから、少しのブランクがあったとしてもすぐに社交に慣れていくだろう。戻りたくない理由は、それだけではないのではないかい？」

さすがお兄様……すでに私の変化に気付いているのね。護衛であるレンとの関係をお兄様に伝えることで、彼が罰を受けるかもしれないと思ったけれど、お兄様がここまで察しているのなら決心がついたわ。

「お兄様。私……好きな人が出来ました」

「……そのような報告はこちらに来ていないな」

何かの間違いでは？　と言うようにお兄様は眉根を寄せて首を傾げたが、間違いでも何でもない。きっと今まで些細《ささい》なことでもお兄様に報告が上がっていたのだろう。さすがに昨日の今日のことなので、お兄様も把握出来ていなかったようだ。けれどお兄様に会うのがあと数日遅れていたら、私が話すよりも先に知っていたに違いない。

「その、私も自分の気持ちに気付いたばかりなので、誰も知らないですわ」

「まさか、人の来ない森での生活で想う人が出来るとは……。予想外過ぎて正直驚いているよ。殿下達には何と言えばいいかな……」

「え？」

最後は独り言のように呟《つぶや》いていたので、お兄様が何て言っていたのか分からない。

「いや、何でもないよ。それで？　私の可愛い妹は一体誰が好きなのか、教えてくれるのかな？」

「えぇ。そのご報告もしたくて、こちらへ参りました」

ちらりとレンの方に視線を向けると、心なしか緊張しているように見える。お兄様は反対するかしら……

「その前に、お伝えしておきたいのですが……彼は、私が自分で初めて好きになった方です。相手から好意を示されたわけでも想いを告げられたわけでもなく、私が好きになって告白して応えてもらいました。そのことだけは、最初に知っておいていただきたいのです」

万が一にも、レンが私をたぶらかしたなんていう誤解はされないように、このことだけは先に伝えたいと思っていた。

「メルから想いを伝えたのだね。分かったよ」

お兄様の言葉を聞いて少し安堵しつつ、私は扉の近くに控えていたレンに側に来るようにと手招きする。

「その……相手は、レンなのです」

「……レン？」

お兄様は目を見開いて、私と隣に立つレンを交互に見つめた。そのまま、どういうことか分からないといったように口を噤《つぐ》む。

「お兄様が私に影として付けてくださったレンですわ」

「……主従関係にあるのに、レンがメルに手を出したと？」

違う！　そう言われると思ったから、前もって私から想いを伝えたと言ったのに。

刺すような冷たい視線をレンに向けるお兄様に、私はベッドから身を乗り出す勢いで声を上げた。

「違いますわ！　先ほども申し上げましたが、私がレンに想いを告げたのです。レンはその気持ちに応えてくれましたが、彼から何かしてきたことはありませんわ。……私はお兄様に彼との関係を認めてもらい、正式にお付き合い出来たらと思っています」

「メル……」

お兄様の声は硬く、無表情なので感情が読み取れない。怒っている……のとは少し違うようなので、もしかして呆れているのかもしれない。

「お兄様、レンを悪く思わないでいただきたいのです。彼は私を想っているような態度は一切出さなかったので、私も気付きませんでした。職務に忠実で、私が想いを伝えなければ、彼が私に自分の気持ちを伝えてくれることはなかったでしょう」

「そう……そうか。確かに、レンは優秀だからメルに付けた。レンならこれからもメルを守ってくれるだろう。だが、まさかメルが影と恋仲になるとは……」

俯《うつむ》いたお兄様は、腕を組んで指でトントンと叩く。レンを信用しているからこそ私を任せたということは、お兄様もレンを認めているのよね。私のせいで、レンに対する信用が落ちるなんてことがあったらどうしよう。

「お兄様は、私がレンと付き合うのは反対ですか？」

「……メルはいくらでも相手を選べるんだよ。レンでは、ドレスや宝石を買うことは出来ない」

お兄様がそれを言うの？　私が傲慢な女性に育たないように導いてくれたのに？　だから私は、ドレスや宝石がなくても気にしないような性格になれたのだ。

「お兄様！　私はレンにそんなものを求めてはいません。今の生活にはドレスも宝石も不要なものです。私は、贅沢な暮らしがしたいわけではありませんわ。無駄にドレスや宝石を欲するような令嬢にならないようにと、教育してくれたのはお兄様ではありませんか」

「……メルは、レンとこの先も一緒にいたいということだね？」

「はい」

レンとはまだ恋人同士だけれど、ゆくゆくは一緒に生きていきたいと思っている。

「レンと添い遂げるということは、平民になることと同義だけど、それも分かっているんだね？」

お兄様は淡々と私の意志を確認する。まるで仕事のやりとりをしているようだ。でも、ここで怯《ひる》んではいけない。

「もちろんですわ」

「貴族令嬢として何不自由なく過ごしてきて、森での生活の中で倒れているのに、その生活を続けられるのかい？」

「それは……私が自己管理出来ていなかったからですわ。一人で生活を始めて、それに慣れる前に動き過ぎたのだと思います。これからは、予定を詰め込み過ぎずに体のことを考えながら過ごしていきますわ」

「レン」

レンは声を掛けられると、お兄様の前で膝をついた。

「はい。フェルナンド様」

「お前もメルと添い遂げたいと思っているのかな？」

「お嬢様と生涯を共にしたいと思っております」

言葉を濁さず、きっぱりと告げたレンの声に迷いはなく、愛を感じることが出来た。嬉しさのあまり思わずレンの手に触れてしまいそうになるのを、どうにか我慢する。

「……はぁ。分かったよ。そんなにもお互い想い合っているのに、私が反対して二人を引き離すことは出来ないな。メルが悲しむだけだろう」

「お兄様っ！　ありがとうございます！」

ベッドから飛び下りてお兄様に抱き着くと、優しく受け止めてくれた。でも、そのまま抱き上げられてすぐにベッドに戻されてしまったけれど。

「こらこら、今日は大人しくしていなくては駄目だろう？　その代わり、メルの結婚式は盛大に挙げるからね。ドレスは我が家で用意させてもらうよ。とびきり美しい花嫁になって嫁ぐといい。それが、私や父上への孝行だと思いなさい」

「お兄様……」

こんな我儘《わがまま》ばかり言っているというのに……。嬉しさと申し訳なさとで複雑に絡まった気持ちが込み上げてきて、涙が零れ落ちる。レンがそっと差し出したハンカチを受け取り、涙を拭《ぬぐ》った。

「それと、レンと住めるように家を建て替えよう。今の家は、メルが一人で暮らすように作られていて部屋が足りないからね。結婚祝いとして、私からプレゼントさせてもらうよ」

「そんな、何から何まで――」

「私はメルが幸せになってくれれば、それでいいんだ。ただ、貴族令嬢でなくなっても護衛を外すことはしないよ。いくらレンがいるとはいってもね。お兄様を安心させるためと思って、それだけは受け入れてくれるね？」

平民になっても私が伯爵家の娘であることに変わりはないものね。これまでの出来事を考えると、護衛を継続してもらった方がいいだろう。

「えぇ、お兄様がそれで安心してくださるのであれば、拒否する理由はありませんわ」

「……それともう一つ。二人はまだお互いの気持ちを確認したばかりだ。もっとお互いを知る時間が必要だと思うから、結婚は二年後とするよ」

二年後ね……これから一生一緒に過ごすのだもの、長い時間ではないわ。この二年の間にもっとレンを知っていきましょう。

「構いませんわ。私達、これからお付き合いが始まるわけですし、確かにまだ知らないことばかりですものね。……特に私が、ですが」

レンは私の影として何年も側で見守っていたから、私の趣味嗜好は把握している。今度は、私がレンのことをたくさん知る番だわ。

「あと、分かっていると思うけれど……式を挙げるまでは、清いお付き合いでいるように」

「お兄様っ⁉」

お兄様からそんなことを注意されるなんて、恥ずかしいわ。当たり前のことだというのに。

「レン、分かっているね？」

「はい。承知しております」

「メルは分かっていないようだね。平民は、婚前交渉は当たり前なんだよ」

「……そういえば、そんな話を聞いたことがありますわ」

貴族令嬢は婚前交渉などもっての外。だから、まさか私がそんな心配をされるなんて思ってもみなかった。レンが平民の出ということで、お兄様が念のため言っておいたのかしら。

「それじゃ、父上には私から報告をしておくよ。メルのおかげで公爵家とも縁が出来たから、お許しいただけるはずだ。心配しなくていい」

「お兄様。本当にありがとうございます」

私からお父様に話さなければと思っていたけれど、お兄様が話してくれるのなら、きっとお父様も反対しないはず。

「メルの幸せのためだからね。レン、メルのこと、くれぐれも頼むよ。メルを悲しませるようなことをすれば、すぐに連れ帰るから」

「肝に銘じます」

「メルはもうゆっくり休みなさい。無理だけはしないように。明日は公爵邸へ行くのだからね」

「分かりました」

初めはあまりいい顔をしていなかったお兄様だけれど、最終的に認めてもらえて良かった。

お兄様が部屋から出て行った後、自然とレンと視線が絡む。彼は私の両手を掬《すく》い上げ、そこにそっと口付けを落とした。

「メルティアナ。私と生涯を共にしていただけますか？」

「えぇ、喜んで」

レンからのプロポーズに涙を零しながら幸せに浸る。こうして私の二度目の婚約が決まったのだった。


昨日ゆっくり休んだおかげで、顔色が良くなり体も軽い。早々にドレスに着替え、髪をセットしてもらいガルベリア公爵邸へと向かった。

「本日は急な訪問で申し訳ありません」

「いや、こちらこそ、あまり時間が取れなくて申し訳ないね」

迎えてくれたハルト様は少し疲れた顔をしていて、薄《うっす》らと目の下に隈が出来ていた。今回はかなり忙しいらしく、彼の執務室に通される。

「貴重なお時間をいただき、ありがとうございます。こちらこそお忙しい中、お邪魔してしまい申し訳ありません」

ソファーに座るよう促《うなが》された後、使用人が用意したお茶を一口飲み、ハルト様を見つめた。多忙な彼の時間を無駄にするわけにはいかないので、すぐに本題を切り出すことにする。

「ハルト様、先日のお話、よく考えてみました。そして……気付いたのです。知らないうちに好きになっていた方がいるのだと……」

まっすぐにハルト様を見つめたまま、言葉を濁さず正直に話す。すると彼は、私の答えが分かっていたと言わんばかりの笑顔を向けてくれた。

「そうか……、そうだろうとは予想はしていたが、惜しいことをしたな。私の方が早く出会っていれば、好きにさせる自信もあったのだがね」

そう言ってウィンクをしたハルト様のおちゃめな仕草に、思わず笑い声が漏れてしまう。

「ふふっ、ハルト様ったら……ありがとうございます」

私が気まずくならないように明るい雰囲気を作ってくれる、優しいハルト様。その気持ちに応えるべく、私も意識して明るい声を出した。

それから二人で薬の納品について話をすると、控えていた執事が懐中時計をカチリと開けた音が聞こえ、そろそろ終わりの時間なのだと察した。

「本日は、お忙しいところお時間をいただきありがとうございました」

「メルティアナ嬢の顔が見られて良かったよ。ちょうど良い休憩にもなった」

「私もお会い出来て良かったです。それでは失礼致します」

ドアを出ようとしたところで、名前を呼ばれ振り返ると「もし、辛く逃げたい時があったら、私のところに来ると良い。いつでも歓迎するよ」と言った。

どこまでも優しい言葉を掛けてくれるハルト様に視界が滲《にじ》む。涙が零れ落ちてしまわないように、深呼吸をし、笑顔で「ありがとうございます」と返事をし、公爵邸を後にした。

伯爵邸へと戻り、ドレスからワンピースに着替えると、明日に備えて早めに森の家に帰った。明日は、ルディさんに告白の返事をしなければいけない。ルディさんのお休みの日にと思っていたら、ちょうど明日が休みだったらしく、トーリ経由でさっそく会う約束を取り付けたのだ。

私はルディさんに誠実に話をしようと心に決め、ベッドに入った。


次の日、雨音で目が覚めた。時計を見ると、いつもより大分早い時間だ。ここ数日、薬作りもお休みしていたので、せっかくだから約束の時間まで薬を作ることにした。

レンはまだ来ていないみたいだし、朝食は軽くスープとパンで済ませてしまいましょう。後からレンに怒られるかしら。

キッチンカウンターでスープを飲んでいると、家のドアが開き、レンが入ってくるのが見えた。私がすでに着替えて朝食を取っていることに驚き、固まっていた。

「レン、おはよう。今日は雨音で目が覚めて、いつもより早起きしてしまったわ」

「おはようございます。まさか私が来る前に朝食まで召し上がっているとは思わず、驚きました」

「ふふっ、あなたが悪いわけじゃないから大丈夫よ。時間通りに来てくれているでしょう？　たまたま私が起きるのが早かっただけだもの。気にしないでね」

「……はい」

気にしないでと言ったところで、気にしそうなのがレンなのよね。きっと明日はいつもより早く家に来そうだわ。

ゆっくり朝食を済ませ、薬作りをしていると、いつの間にか家を出る時間になっていた。集中していたせいか、時間の経過がとても早い。窓の外を見てみると、もう雨は上がっていた。

「それじゃ、行ってくるわね」

これは私自身がけじめをつけることなので、レンには送ってもらわず家で待っていてほしいと言ってある。

リコリスと共にトーリのもとへと向かうと、彼は馬車の前で姿勢良く立っていた。最近のトーリはリコリスに餌《えさ》をあげるのが楽しいのか、ポケットに木の実を隠し持っているので、リコリスがトーリを見つけると肩に飛び乗るようになっていた。

「メルティアナ様。おはようございます。リコリスもおはよう」

「トーリ、おはよう。今日もよろしくね」

挨拶《あいさつ》している間に、リコリスはトーリの掌《てのひら》の上で木の実を抱えている。餌付《えづ》けされているわね。

「さぁ、リコリス。馬車に乗るから戻っていらっしゃい」

私の声に反応すると、トーリにお礼を言うように頬をてしてしと叩いてから、私の肩に飛び移った。

馬車に乗り、これからルディさんとどう話をしようか考える。人を愛する気持ちを知った今では、ルディさんにお断りの返事をしなければならないことが、本当に心苦しい。私もレンに気持ちを拒否されたらと考えると、胸が苦しくなる。ルディさんは……ううん、私がいくら考えても、ルディさんの気持ちを推し量ることなんて出来ないわ。

そんな複雑な気持ちを抱えたまま馬車は進み、ルディさんの家に到着した。馬車から降り、トーリが家の扉をノックすると、すぐにルディさんが迎えてくれた。

「メル。いらっしゃい。わざわざ来てくれてありがとう」

「いいえ、こちらこそ、お休みの日に時間をいただいてしまって申し訳ないわ」

「メルのためなら、いくらでも時間を作るよ。会えるのが嬉しいからね」

嬉しそうに微笑むルディさんに、罪悪感が湧いてくる。

すると、ルディさんは私をじっと見つめて溜息を吐いた。

「……そっか。メルの顔を見れば、どんな話なのか想像出来ちゃうのは困ったな。立ち話もなんだから、中にどうぞ」

話す前からどんな話になるのか気付かれてしまうほど、顔に出てしまっていたのね。ごめんなさい……

ルディさんに促《うなが》されてソファーに座ると、トーリは前回と同じように壁際に待機した。

「それで……どんな返事を聞かせてくれるのかな？」

「ごめんなさい……」

「メル、謝らないで。メルが悪いわけじゃない。人を好きになる気持ちは、自分でどうにか出来るものじゃないからね」

「私……ルディさんに気持ちを伝えられて、よく考えてみたの。ルディさんと一緒にいると楽しいし、安心感があると思ったわ。でも……愛しいと思う気持ちとは違うことに気付いてしまったの」

「そう……。相手はレンさんかな？」

ルディさんの言葉に、私は目を見開いて驚いた。

どうして相手がレンだと分かったのだろう。私ですら、自分の気持ちに最近気付いたばかりだというのに。

「どうして……？」

「自分で気付いていなかったと思うけど、レンさんがいる時は、メルはよく彼を目で追っていたよ。それに、彼がメルを見つめる瞳は愛しい人を想う熱が込められていたからね。見ていて、こちらが胸を締め付けられるような。メルに気持ちを伝えるつもりはないのだろうと思っていたが……」

私の知らないところでそんなことが……レンのそんな視線に気付いていれば、もっと早く私も自分の気持ちを自覚していたかもしれない。

「私、何も知らなくて……。レンから気持ちを伝えられたわけではなく、私が自分の気持ちに気付いて告白したの」

「……そっか。その気持ちは私もよく分かるからね。メルへの気持ちを抑え切れずに告白して……まぁ、レンさんとは上手くいったみたいで良かったよ」

「……っ」

少し残念そうにしながらも、良かったと言ってくれるルディさんの優しさに、喉の奥が熱くなる。

声が震えそうになるのを、深呼吸をして抑えた。

「メルが幸せなら私も嬉しいよ。正直なところ、レンさんが羨ましいけどね。出来れば私がメルを幸せにしたかった」

「ルディさん……ありがとう。気持ちは本当に嬉しかったの」

「分かっているよ。メル、気に病《や》まないで。メルがいつまでも私のことで暗くなっていたら、気持ちを伝えなければ良かったと思ってしまうからね。メルさえ良ければ、今までのように友人として接してくれると嬉しいな」

そう言うと、ルディさんは晴れやかな笑顔を見せた。こんなにも早く気持ちを切り替えられるものなの？　……ううん、違う。きっと私を気遣って明るく振る舞ってくれているのよね。それなら、私もその気持ちに応えなければ。

「私の方こそ、これからもそうしてもらえると嬉しいわ」

「じゃあ、そういうことで、今日はもうお帰り。レンさんが心配しているんじゃない？」

「え？　そんなことは――」

「いやー、さすがにトーリさんの目も鋭いし、前回のことを気にしているのが分かるからね。早く帰って安心させてあげて」

「……ありがとう」

ルディさんに挨拶《あいさつ》をして、トーリのエスコートで馬車に乗り込む。本当に優しい人。私だけでなく、レンのことまで気にかけてくれて……。こんな優しくて素敵な人なのに、私は彼を一人の男性として愛することは出来なかった。申し訳なさで涙が滲《にじ》む。

馬車が森の入り口へ到着すると、レンが待っていた。家で待っていると思ったのに……

「お帰りなさいませ」

「ただいま、レン」

「お嬢様……？　少し目が赤いようですが、何が――」

そこまで言うと、レンはトーリの方に視線を向けた。その目は何かあったのかと問い詰めているようだった。心配するようなことは何もなかったけれど、泣いていたのは事実だ。

どう答えようか悩んでいると、トーリがレンに答える。

「レンが心配するようなことは何もなかった。メルティアナ様の中で何か思うところがあったのではないか」

「そうか……。お嬢様、家まで馬でお連れしてもよろしいでしょうか？」

「ええ、構わないわ。トーリ、今日もありがとう」

「いいえ、お気を付けてお戻りください」

レンは馬をひと撫でするとさっと私を抱えて横向きに座らせる。そして私の後ろに跨《またが》るとゆっくりと馬を走らせた。彼の体温を感じながら、またよく分からない涙が零れ落ちた。

あれから、ルディさんとは変わらないお付き合いをさせてもらっている。納品に行けば、いつものように優しい笑みで迎えてくれる彼には感謝してもし切れない。

私はというと、どうにかレンと恋人らしく過ごせないか考える日々を過ごしている。レンは、私と接する時にどうしても遠慮するので、主従関係から一歩出た程度の距離感を保っているのが気になっていた。

それを解消すべく、たまにはデートをしましょうと私から誘った。デートの場所は……以前二人で街に行った時に入った、カップルシートがあるカフェだ。

その時はただの主従関係だったので、肩が触れないようにお互い気を遣いながら食事をしたのを覚えている。今回は正真正銘の恋人同士なので、出来れば恋人らしくカップルシートを満喫したい。

「いらっしゃいませ。ご予約いただいたカップルシートはこちらです。メニューをお持ちしましたので、後ほどお伺い致します」

案内されたカップルシートは、偶然にも以前と同じ席だった。

「この席は……」

「えぇ、あの時と同じ席ね。さぁ、座りましょう」

私はソファーに座り、レンも隣に座るよう促《うなが》した。前回同様、二人寄り添うような距離だ。

「このシートは、こんな風に恋人達が触れ合えるように作られているのね。やっと正しく使うことが出来るわ」

カップルシートという名の通りの席だ。体の距離が近付くと、心の距離も近付いた気がするのは気のせいかしら。

「まさか、またメルティアナとここに来ることが出来るとは、夢にも思っていませんでした。あの時は、これが最後だと思っていたので――」

「え？　最後？」

「はい。一緒に街に出掛けたいとお願いした時には、すでにお見合いのお話が来ているのは知っておりましたので、最後に思い出を作れたらと……」

そんな風に思いながら過ごしていたなんて……。私は何も知らずに楽しんでいたのね。その時のレンの気持ちを考えると、切なくて胸が締め付けられる。

「そうだったの……気が付かなくてごめんなさい」

「あなたは私の気持ちを知らなかったのですから、当然のことです。最後に我儘《わがまま》を言ってあなたの時間をもらえて、とても幸せでした。だからこそ、まさか恋人として来ることが出来るとは思ってもみなかったです」

「本当に、私には何も告げずに秘め続けるつもりだったのね。確かに主従関係にあると言いにくいとは思うけれど……。私が自分の気持ちに気付けて良かった。そうじゃなければ、自分の気持ちもあなたの気持ちも知らないまま、公爵家に嫁いでいるところだったわ」

それはそれで悪くない人生だとは思うけれど、最良の人生ではないだろう。やっぱり自分の想いを言葉にして伝えるって、大事なことなのね。トーリの言った通りだわ。

「公爵家との婚約を断り、私を選んでくださったことが最善だったのか、今でも考えてしまいますが……もうあなたを手放すことは出来ない。私を好きになってくださって、ありがとうございます」

「レン……。私の方こそ、ずっと側にいてほしいわ。離れるなんて嫌。……ねぇ、そろそろ敬語はやめない？　レンは私の恋人でしょう」

敬語のせいで恋人らしさが出ないのではないだろうか。これではいつまで経っても主《あるじ》と護衛のままだ。周囲からも恋人には見られないに違いない。

「それは――」

「さすがにトーリ達の前では難しいと思うけど、今はいいでしょう？」

「分かりました。――いや、分かったよ」

「結婚したら、レンは私の旦那様になるのだから、ゆくゆくはトーリ達の前でも敬語はなしにしてね」

「旦那様……」

「そうよ。私達、二年後には夫婦になるのよ？」

「夫婦……」

私の言葉を聞いて、レンは口を手で覆い小さく呟《つぶや》く。少し耳が赤くなっている……照れているのね。私の未来の旦那様は、なんて可愛いのかしら。

そんな会話を繰り広げていると、お店の人がオーダーを聞きに来たので、前回と同じメニューを頼んだ。あの時は取り皿を用意して別々に分けて食べたけれど、今回は……

「さぁ、レン。どうぞ？」

ケーキを一口サイズに切り、フォークでレンの口元へ持っていく。恋人とはどういうものか、市《し》丼《せい》に溢れている恋愛小説を読み込んだところ、このように食べさせ合うと書いてあった。

「う……メルティアナ、これは……」

レンがここまで恥ずかしがると、やっている私も恥ずかしくなってしまうわ。

「はい、あーん。……レン、そろそろ手が疲れてきたのだけど」

「それじゃ……」

恥ずかしがりながらも食べてくれるレンは、本当に可愛い。好きな人がすることは、何でも可愛く見えてしまうのかしら。さっきから可愛いしか出てこない。

「ふふっ。恋人らしくて楽しいわ」

「では、次は私が失礼して。さぁ、メルティアナ。あーん」

「え……？」

私も？　自分がするのは気にならなかったけれど、されるのは気恥ずかしいわね。

「口を開けて」

大きな口を開けるのは、はしたないわよね。でも……せっかく、レンがしてくれているんだもの。ケーキが零れ落ちない程度に口を開けて、食べさせてもらう。とても恥ずかしいけれど、幸せな気持ちが味わえた。

「これはなかなかいい。もっと食べさせてあげたくなる。それに――」

「それに？」

「メルティアナが食べていると美味《おい》しそうに見えて、味見がしたくなる」

「え？　味見？」

レンも食べたから味は知っているのに、どういうことかしら？　不思議に思いながらレンを見つめていると、彼は指に私の髪を絡めて唇に寄せた。急にレンの雰囲気が変わった気がして、ドキリとする。

「レン……？」

髪を絡めていた手が私の腰に回り、もう片方の手は後頭部へ……そして、ゆっくりと唇が触れる。

「少し……口を開けて」

「え？」

疑問に思い言葉を発した瞬間、舌がするりと入り込んで深く口付けをされる。思いもよらぬ大人な口付けに、どうすればいいのか分からず、ただ身を任せるしかない。

「うん。やっぱり美味《おい》しいな」

そう言いながら微笑むレン。私は息を整えるのに精いっぱいで、何も言葉を返すことが出来なかった。

こうして、恋人として態度が一変したレンに、これから付いていくのが大変かもしれないと思ったデートになったのだった。

レンと過ごす毎日は楽しくて、あっという間に結婚まで半年を切った。

本来であれば結婚式の準備で忙しくしている時期だが、全てお兄様が動いてくれるとのことなので、私は薬作りや作物の品種改良に力を入れていた。貴族令嬢の結婚であれば、関係者に招待状を送る必要があるが、今回は平民として式を挙げるので、誰にも招待状は送らない。

領地にある教会で、今までお世話になった使用人や護衛騎士に見守られながら式を挙げるのだ。式の後は、邸《やしき》の庭園でガーデンパーティーを開くことになっている。

でも、全てお兄様にお任せして、みんなに恩返しが出来ないのも気になるわね……。すでに喉飴や改良した苗などは邸《やしき》に送って使ってもらっているから、違うもので何かプレゼントが出来ないかしら。

掃除や洗い物で男女共に手が荒れると思うから、ハンドクリームなんてどうかしら。植物からオイルを抽出したり、花からエキスを抽出して精油を作ったりして、ほんのり香るハンドクリームにするのもいいかもしれない。ジャスミンやカモミール、レモン、ミント辺りの香りで作ろうかしら。

せっかくだから、可愛い瓶に入れたいわね。女性用はコロンとした丸い瓶にしましょう。後は瓶にそれぞれの花を入れて、見てすぐに何の香りが分かるようにするといいかしら。

男性用は可愛くなり過ぎないように、シンプルな四角い瓶が良さそうね。ジャスミンとカモミールは甘い香りだから女性用にして、レモンとミントを男性用に用意しましょう。

街のガラス細工店に向かい、デザイン案を見せると、すぐに取り掛かってくれるとのことだった。オーダーメイドになるので少し高くなってしまうけれど、働いて貯めたお金をこういう時に使わずしていつ使うのか。ここは資金は惜しまず、こだわっていこう。

それからしばらくの間、どんな風にクリームを作るのか考えた。

クリームに使う蜜蝋は天然素材だから、何ヶ月も日持ちしない。せっかくだから二ヶ月に一度作って、空になった瓶とクリーム入りを交換する形で継続して使ってもらってもいいかもしれない。

「さぁ、時間もあまりないことだし、急いで材料を手配して作業に取り掛からなくちゃね」

街へ買い物に行こうと思ったけれど、薬の調合などがあってあまり時間がないため、いつもの商会を利用して届けてもらうことにした。とはいっても、伯爵家が注文するので材料はそちらに届いてしまう。そのため、お兄様から転送装置を通して蜜蝋や花などの材料を受け取る。

「いつも利用している商会なだけあって、仕事が早いわね」

ジャスミンを束で手に取り、植物魔法で『解析』をしてエキスを『抽出』し、小瓶へ移す。花のエキスはほんの少量しか取れないため、大量の花が必要だ。もうこれは……たくさんお小遣いをくれていたお父様に感謝しかない。

次に小瓶に蜜蝋を入れ、湯せんで溶かす。その中に精油を一滴、二滴と入れ、香りの調節をする。香りが強くならないように、ほんのり香る程度にしておく。冷えたところで指で掬《すく》い、手の甲に広げて香りを確かめる。

「香りが薄過ぎるわね。もう一滴追加したくらいが、ちょうどいいかもしれないわ」

新しい瓶に蜜蝋を入れ、再度溶かすと、今度は精油を三滴入れてしっかりと混ぜ合わせる。反対の手の甲に塗って香りを確かめると、ほんのりと良い感じに香ったため、精油は三滴入れることに決めた。

そんな風にして、みんなへのプレゼントのハンドクリーム作りは順調に進んでいった。

来月にはレンとの結婚式が控えている。付き合い始めは、敬語がなかなか取れなくて何度もレンに注意をしていたけれど、二年も経つと自然と話せるようになった。

『ドレスのサイズ調整をしなければいけないから、一度邸《やしき》に戻っておいで。アランに話を通しておくから転移の魔道具を使うといい。あぁ、レンの服も調整するから彼も一緒にね』

「ありがとうございます。アランさんに声を掛けてみますね」

お兄様との通信を終えて、後ろで控えているレンに声を掛ける。

「聞いていたでしょう？　お兄様が、レンも連れて邸《やしき》に戻ってくるようにと言っていたわ」

「あぁ、私の衣装も調整が必要だと聞いたよ」

「えぇ。アランさんに声を掛けたいのだけれど、今から家に伺っても大丈夫かしら？　忙しそうにしていなかった？」

「いや、普段と変わらない様子だったので、特別忙しいというわけではないと思うが……伺ってみようか」

出来ればお仕事の邪魔はしたくないけれど……。どうしようか考えていると、扉をノックする音が聞こえて、返事をする前に扉が豪快に開いた。

「さぁ、妹ちゃん。行こうか」

「アランさん……」

仕事の邪魔にならないようにと思っていたけれど、その心配はなかったみたいだわ。相変わらず、すごい行動力ね。

「フェルからついさっき連絡をもらってね。今は急ぎの仕事がないから、すぐ行けるよ」

「ありがとうございます。レン、何か持っていくものがあるなら、今のうちに準備を。私は邸《やしき》に着替えがあるから、このまま何も持たずに行けるわ」

「私も邸《やしき》に着替えなど置いてありますので、このまま向かっても問題ありません」

「じゃ、二人とも準備はいらないってことで、行こうか」

アランさんが魔道具を使った次の瞬間、目の前には使用人達が並んでいた。執事のセバスが一歩前に出て挨拶《あいさつ》をしてくれる。

今回、レンは私の護衛としてではなく、婚約者として滞在するため、私の部屋の隣にレンの部屋が用意されることになった。その気遣いに、みんなが私達を祝福してくれていると分かり嬉しかった。

「そういえば、お兄様は今どうされているのかしら？」

「フェルナンド様は、急ぎの仕事を片付けております。お嬢様のお着替えがお済みになりましたら、一緒にお茶の時間を取りたいとのことです」

「そう。お兄様は相変わらずお忙しいわね」

セバスと話している間に部屋の前に到着し、レンとは別れて部屋に入る。部屋に入ると、すでに使用人達がドレスやアクセサリーを準備して待機していた。

「お嬢様、お待ちしておりました」

「ミリア、戻ったわ。みんなも今日はよろしくね」

「またお嬢様のお世話をすることが出来て嬉しいです」

私の専属メイドであるミリアと使用人達が温かく迎えてくれて、気持ちが安らぐ。みんなには急に森で暮らすと言って驚かせてしまい、心配させてしまったけれど、こんな我儘《わがまま》を通した私をこんなにも大切にしてくれる。我が家の使用人達は、本当に素晴らしいわね。

お見合い以来、久しぶりのコルセットは相変わらず息苦しく、貴族社会に戻らなくて済むことにホッとした。ミリア達はこれでもかと私を着飾る。夜会にでも行くのかと思うほどアクセサリーもドレスも煌《きら》びやかだった。

「……お兄様とお茶をするだけよね？」

「はい。せっかくですので、お嬢様の魅力を存分に引き出させていただきました」

「そ、そう。ありがとう」

「もう、このようにドレスアップした姿を見られなくなると思うと……」

ミリア達が私を見つめて涙ぐむ。私の専属メイドとして仕えてくれたミリアが感極まるのもよく分かる。それだけ、私を側で支えてきてくれたのだ。

それに、彼女達が嘆いている理由がもう一つあることも気付いていた。私がこれから先、平民になって自分の力で生活していくことを心配しているのだ。

それでも、私は大丈夫だと思っている。好きな人が側にいるだけで幸せだということは、レンが教えてくれた。私はレンと寄り添って暮らしていければ、贅沢なんて出来なくていい。宝石もドレスも豪華な食事も必要ないわ。

市井《しせい》には安価で美味《おい》しい食べ物もあるということを知ったし、宝石が付いていなくても繊細なレース編みの髪飾りなど素敵なものは溢れている。高価なものを手にすることだけが幸せではない。人それぞれ、幸せの基準は違うのだから。

準備が整い、ミリアがレンに声を掛けに行っている間、私はソファーに座って部屋を見渡す。出て行った時と何一つ変わらず、綺麗に整えられている。いつ私が戻ってきても大丈夫なように、毎日手入れをしてくれていた彼女達の仕事ぶりに感謝したい。

テーブルの上には瑞々《みずみず》しい花が美しく飾られ、部屋を一層華やかに見せている。ここで過ごすのもあと少し。幸せなのに、やけに寂しい気持ちになる。森に行くまでの十六年間過ごした部屋だもの、名残惜しくなるのは仕方がないことよね。

ノックの音が響き、レンが到着したとの知らせが聞こえる。扉が開いて部屋に入ってきたレンを見て、私は驚いた。

絹糸のようにサラサラと風に靡《なび》いていた髪は、綺麗に撫で付けて整えられていた。深いネイビーのジャケットには銀糸で繊細な刺繍《ししゅう》が施《ほどこ》されており、上質なのが一目で分かる。私もレンには金糸より銀糸の方が似合うと思っていたから、嬉しい。カフスなどに使われている宝石も一級品で揃えられている。お兄様……レンのために、ここまで準備してくれていたなんて。

「メルティアナ、迎えにき――」

私に近付きながら声を掛けたレンだったけれど、途中で立ち止まってしまった。どうしたのかと心配になり、ソファーから立ち上がってレンに近付く。

「レン……？」

「まいったな。ドレスアップした姿は見慣れていたと思っていたけど、今日は一際美しい……」

そう言うと、レンは私の手を掬《すく》い、指先に触れるだけの口付けを落とした。着飾った姿を褒めるのは貴族としてのマナーであり、聞き慣れているはずなのに、レンに言われると一気に鼓動が速くなる。社交辞令と好きな人に褒められるのとは、こんなにも違うのね。

「あなたもとてもよく似合っているわ。どこの貴族の方かと驚いてしまったわ。レンが平民で良かった」

「今の流れで、どうして平民で良かったと？」

「だって、レンが貴族だったら、その素敵な姿をみんなに見られてしまうじゃない。きっと令嬢達が群がるわ。……私、自分に驚いているの。あなたといると知らない自分を発見出来る。私って、こんなに独占欲が強かったのね。レンを見つめていいのは、私だけ。あなたの瞳に映る女性は私だけじゃないと嫌だって思うの」

そこまで言って、自分で何を口にしているのか分からなくなり、思わず俯《うつむ》いてしまう。呆れられてしまったかしら。

「メルティアナ」

レンは優しく私の名を囁《ささや》くと、ふわりと優しく抱き締めた。

「そんな風に思ってくれて嬉しいよ。それだけ、メルティアナが私のことを好きだということだろう？」

「でも、少し重くないかしら……。これから先も、レンが他の女性と話しているだけで妬いてしまうかもしれないわ」

そんなことでいちいち嫉妬していたら、レンに煩《わずら》わしいと思われてしまわないか……まだ起こってもいないことなのに心配になってしまう。

「それくらいで重いなんて……私の心の中を知ったら、どうなってしまうのだろうな。私が何年想い続けていたと？　私の方が重いし、メルティアナに溺れているんだよ。何度でも言うよ。愛している。誰よりもただあなた一人だけを。あなたしかいらない。だからメルティアナ、あなたも私以外見ないで」

私を抱き締めるレンの腕に力が入り、彼の言葉が深く心に刻まれる。そんなに私を想ってくれているのなら、私達はきっと似た者同士なのかもしれない。

「私も愛しているわ。私が初めて愛した人。私の唯一よ。決して、私を手放さないで」

私も強くレンを抱き締め返す。人を好きになると、幸せでふわふわした気持ちになるものだと思ったけれど、深く愛すれば愛するほど、こんなにも切なく胸が締め付けられるなんて知らなかった。

「離れたいと言われても、もう放してあげられないから、覚悟して」

しばらく抱き合っていると、セバスからお兄様が呼んでいるとの知らせが届いた。レンのエスコートでお兄様の部屋に入ると、お兄様はソファーで寛《くつろ》いでいた。

「お兄様。ご無沙汰しております」

「メル、久しぶりだね。もう少し顔を見せに邸《やしき》に帰ってきてくれてもいいのに。それにしても……ドレス、似合っているよ。頭を悩ませた甲斐があった」

「え？　まさか、お兄様がドレスのデザインを考えたのですか？」

「メルに何が似合うか一番よく分かっているのは私だからね。執務の合間に考えたんだ」

「まぁ、お忙しいのに、ありがとうございます」

そうだわ、レンがまだお兄様に挨拶《あいさつ》出来ていない。チラリと隣に視線を向けると、お兄様もレンの方に視線を向ける。レンが私から手を離して挨拶《あいさつ》しようとした、その瞬間——

「やめろ」

お兄様の冷たい声が響いた。レンの表情からも緊張が窺《うかが》えて、部屋の空気が凍りつく。

「あの……お兄様？」

私が恐る恐る声を掛けると、お兄様は深く溜息を吐いた。

「レン。今は影としてではなく、メルの婚約者としてここにいるんだ。そう説明されているよね？　だから今日はそんな服装をしているのだろう？」

「はい。そのように聞いております」

「それなら、膝をついて挨拶《あいさつ》するのは間違っていると思わないか？」

「……っ。その、癖で……申し訳ございません」

なるほど、レンが片膝をついて挨拶《あいさつ》しようとしたから、お兄様はやめるように言ったのね。今まで影として仕事の報告をする時は、いつもお兄様の前で膝をついていたから。けれど、今は私の婚約者として、それに相応《ふさわ》しい振る舞いをすることを望んでいるのだわ。

「これからもメルの護衛の仕事は継続してもらうけど、今後もレンが私に膝をつく必要はないよ。さぁ、二人とも座って、お茶を飲みながら話をしようか」

いつもの優しい笑顔でお兄様にお茶をすすめられ、先ほどまでの冷たい空気が霧散する。

「お兄様、レンのために部屋や服など準備していただき、ありがとうございます」

「このように立派な服を仕立てていただき、素晴らしい部屋まで準備していただき、本当にありがとうございました」

私達は、まず最初にお兄様への感謝の気持ちを伝えた。

レンとの結婚を認めてもらってはいたけれど、やはり相手が平民ということで難色を示す者もいるのではと心配していた。けれど、お兄様や使用人達はレンを歓迎し、滞在中も居心地が悪くならないようにしてくれている。

「礼はいらないよ。だが……メルを奪っていく、レンに少し意地悪を言わせてもらおうか。私がレンに敬意を払うのは、メルの婚約者だからだよ。邸《やしき》の者達もメルを大事に思っているから、『メルが愛する人』を大事にしているに過ぎない。レンだからじゃない」

「お兄様っ！」

そんな言い方……あんまりだわ。まるでレン個人に対して敬意を払う必要はないと言っているようなもの。

立ち上がって抗議しようと腰を浮かせた私の手をレンがぎゅっと握り、首を横に振る。

「どんなお言葉でも受け止める覚悟で来ております。何年も見守って参りましたので、邸《やしき》の者達がどれほど彼女を大事にしているのか存じております。伯爵家の大事なご令嬢を、私が攫《さら》ってしまうことも申し訳なく思っております」

レン……申し訳なくなんて思わなくていいのに……。レンは、私が彼を望んだから気持ちに応えてくれただけだ。だって、レンは私に想いを伝えるつもりなどなかったのだから。

「……まぁ、意地悪はこの辺にしておこうか。これ以上はメルに嫌われてしまうからね。だが、レンが言うように、私も含めた邸《やしき》の者達が見守り大事に育てた伯爵家の令嬢だ。メルを不幸にするようなことがあれば、皆が黙っていないだろう」

鋭い視線でレンを見据えるお兄様。こんなお兄様、初めて見たわ……

「はい、承知しております。必ず幸せにすると、この命に懸けて誓います」

「覚悟は受け取っておくよ」

そう言うと、お兄様はふわりと嬉しそうに微笑んだ。

「さぁ、セバス、アレを運んできてくれるかな?」

「畏《かしこ》まりました」

お兄様がセバスに指示をしてしばらくすると、装飾された木箱がたくさん運ばれてくる。これは一体何だろうと木箱を眺めていると、お兄様が「これは、メルのだよ」と言った。

「え?　私のとは?」

「開けてごらん」

言われるままに木箱の一つを開けると、中には大量の金貨が詰まっていた。

「あの、すでに新居などお祝いはいただいているので、これ以上は受け取れませんわ」

「これはお祝いじゃないよ。元々メルのものなんだよ」

「それは一体……？」

「メルはもう社交をする必要がないからね。メルが今まで着ていたドレスや宝石などを全て換金したんだ。だから、気にせずに受け取りなさい」

「お兄様……」

結婚のお祝い金を渡すと言えば私が断ることを分かった上で、このような手段を選んだのだ。本当に、お兄様には敵《かな》わないわね。

「私……こんなにしてもらったのに、お兄様に何もお返し出来ていないわ」

「それじゃ、小さい頃のように『お兄様大好き』って抱き着いてもらおうかな。さぁ、おいで？」

そう言うと、お兄様は優しく微笑んで手を広げた。私はお兄様に駆け寄り、ぎゅっと抱き締める。

「お兄様、大好きです。いつも私のことを考えてくれて、ありがとうございました」

「メル。幸せになるんだよ。晴れ姿を見るのが楽しみだ」

「……っ、はい！」

お兄様の祝福の言葉に胸が熱くなり、涙が零れ落ちる。忙しい父の代わりに、十八年間私を守り育ててくれたお兄様。家族関係が冷めやすい貴族社会において、こんなにも大事にしてくれる家族に恵まれて、本当に私は幸せだと思う。今度はレンと新しい家族を作っていくから、心配しないで。

――お兄様、ありがとう。大好きよ。


邸《やしき》に来て二日目は、朝からウェディングドレスの試着をして、ウエストを詰めたり丈を調整したりした。

お兄様がデザインしたドレスは私の好みにぴったりで、宝石に関してはレンの瞳とよく似た色が選ばれていた。これにはもう、さすがと言わざるを得ない。

これを着てレンの隣に立ち、愛を誓うのね。込み上げる涙を堪《こら》えると、喉の奥がグッと苦しくなる。試着の段階で泣きそうになっているようでは駄目ね。当日、泣かないでいられるかしら。

レンも今頃、隣の部屋で試着中だ。どんな衣装なのだろうか。お兄様のことだから、きっと私と対になるようなデザインにしているのだと思う。今すぐ見てみたい気持ちを、胸に手を当てて落ち着かせる。楽しみは当日まで我慢。

無事にドレスの試着が終わり、翌日には森の家へ帰ることになった。お兄様にはもう少しゆっくりしていきなさいと言われたけれど、時間に余裕がなかったので、今回は早々に帰宅することにした。

結婚式後は二週間ほど新婚旅行に行くため、その間に納品する薬を今のうちに作っておく必要があるのだ。頑張った甲斐あって、何とか結婚式の二日前に、納品に必要な数を作り終えることが出来た。

その後は、私の現状を知ったお兄様から、「結婚式には最高の状態でいなければいけないだろう？」ということで、メイドが三名送られてきた。家に到着するなり、彼女達に全身をマッサージされ、美容にいいと言われている果物をたくさん食べさせられる。二日間のんびり過ごした結果、疲れが取れて顔色も良くなり、これなら万全の状態で結婚式にのぞめる。

結婚式当日は、邸《やしき》でウェディングドレスに着替えて馬車で教会へ移動する予定だ。レンは先に教会へ向かっており、あちらで落ち合うことになっている。

邸《やしき》でドレスに着替え、馬車へ向かうと、お父様とお兄様が馬車の前で待っていた。

「お父様、お兄様。お待たせ致しました」

「メルティアナ、綺麗だよ。いつの間にかこんなに大きくなっていたんだな」

「お父様……」

「父上、話は馬車に乗ってからにしましょう」

「あぁ、そうだな。さぁ、メルティアナ、手を」

お父様にエスコートされるのは、いつ以来だろうか。お父様はいつも忙しいので、なかなか顔を合わせる機会がなかったけれど、誕生日には必ず家族でお祝いしてくれた。その時間があったから、普段一緒に過ごせなくても、お父様からの愛を感じることが出来た。それがなければ、お父様は私のことを何とも思っていないと考えたはずだ。

それでも、お父様と過ごせない寂しさはあったが、お兄様がその寂しさを埋めてくれた。いつも私を気遣い、寄り添ってくれた。お兄様がいたから、私はこんなにも日々幸せに過ごせていた。

　向かいの席に座る二人を見つめていると、今まで邸《やしき》で過ごしてきた日々が思い出され、視界が滲《にじ》む。ドレスの試着の時から駄目ね。すぐ熱いものが込み上げてきて、泣きそうになってしまう。

　どうにか意識を別のことに向けようと、私は馬車の中を見回した。馬車は、ドレスがいつもより広がることを考えて広い作りになっている。この馬車も私の結婚式のために作られたと聞いた時は、そこまでしなくてもと思ったけれど、素直に受け取ることにした。

「メルティアナ。今まで忙しさのあまり構ってやれなくて、すまなかったね。気付けばもう嫁に行く年頃になって……」

「お父様がお忙しいことは分かっていますので、気になさらないでください。私を愛してくださっていたことは十分伝わっていますし、お兄様や邸《やしき》の者達が良くしてくれていたので、私は幸せでした」

「そうか……。フェルナンドにも申し訳なかったな。メルティアナの面倒を見させて」

「父上、私は望んでメルと過ごしていただけですよ」

「二人が仲の良い兄妹で私も嬉しいよ。しかし……今回の結婚については、正直心配ではあったが……」

「心配ですか？」

　相手が貴族ではないからかしら？　育ってきた環境は違うけれど、レンと合わないと感じたことはない。

お父様は視線を落としながら話を続ける。

「貴族令嬢として育ったメルティアナが、平民と結婚して本当に幸せになれるのかと……。公爵家との結婚の方が良かったのではないかと」

お父様、そんな悲しいことを言わないで……。一般的な幸せを考えたら、誰しもがそう言うかもしれないけれど、私は違う。それを理解してというのは難しいだろうが、それでも私の幸せはここにあるのだと分かってほしい。

「お父様。私、今の生活に満足しています。初めて仕事をして報酬をいただき、そのお金で買い物をする――それが新鮮で、今までにない経験が出来ています。森での生活も、リスや子ウサギ達に癒されて心安らかに過ごせて、とても気に入っているのです。その生活の中で愛する人まで出来たなんて、これ以上の幸せはありませんわ」

森での生活を思い出し、リコリスやレンの顔を思い浮かべて、自然と顔が綻《ほころ》ぶ。

「フェルナンドからも聞いていたが……そんなに嬉しそうな顔をされては、何も言うことはない。結婚おめでとう。幸せになるんだよ。何かあればすぐに帰ってきなさい。家を出ても、私達が家族であることに変わりはないからね」

「……はい」

普通は、嫁いだ貴族令嬢が出戻るなど考えられないことだが、お父様はそれでも構わないと言ってくれる。その優しさが身に染みる。けれど、レンと何かあったとしても、きちんと話し合いで解決していこう。出戻りは関係なく、時々は顔を見せに伯爵家に行くのもいいかもしれない。

「私、この家に生まれて本当に幸せでした。お父様、お兄様。本当に今までありがとうございました」

そう言うと、お兄様がサッとハンカチを取り出し、私の目元に押し当てる。

「メル。せっかくの化粧が台無しになってしまうよ」

どうにか堪《こら》えていた涙が零れ落ちてしまっていた。これ以上、泣いては駄目……目が腫《は》れてしまうわ。深呼吸し、どうにか気持ちを落ち着かせる。

教会に到着し、お父様とお兄様が馬車を降りると入れ替わりにミリアが乗り込み、私の化粧を素早く整えてくれた。

「お嬢様、準備が整いました。とてもお綺麗ですわ」

「いつもありがとう」

「お嬢様にお仕え出来て幸せでした。どうかお幸せに」

「こちらこそ、いつも良くしてくれて、感謝してもし切れないわ。それでは行ってくるわね」

「行ってらっしゃいませ」

ミリアに見送られる中、馬車の扉が開かれると、お父様が待ってくれていた。お兄様はすでに教会に入ったようだ。馬車を降り、教会の扉の前にお父様と並んで立つと、使用人達がドレスの裾を整える。ヴェールを前に下ろし、お父様の手に手を重ねた後、入場の合図と共に静かに扉が開かれ……その先に待つのは私の愛しい人。

教会の扉が開くと、中にいたレンが振り返った。普段あまり表情を変えない彼が、穏やかに微笑み、私を見つめる。ステンドグラスから降り注ぐ光に照らされて、彼の白い髪が輝く。髪形がいつもと違い、編み込まれた片方の横髪が耳の後ろで綺麗に留められている。

レンに向かって歩みを進めると、すっきりと耳を出した方には、私の瞳の色の宝石がはめ込まれたイヤーカフが付いていることに気付いた。今までになく着飾ったレンは、思わず歩みを止めてしまいそうなほど素敵だった。この人が、今日から私の旦那様……

お父様は私をレンに託すと、何も言わずにレンの肩に手を置き、静かに席へ向かう。

私がレンを見ると目が合い、お互いに自然と笑みが溢れた。司祭様の前に二人で並び、祝福の言葉を聞いた後、誓いの言葉を紡ぐ。

「私は、メルティアナを唯一の妻とし、命を懸けて守り、幸せにすると誓います」

「私は、レンを最愛として、変わることのない愛を捧げ、添い遂げると誓います」

誓いの言葉の後は、お互いに腕輪の交換をする。この腕輪は、アランさんに依頼して作ってもらった魔道具だ。普段一緒にいることが多いけれど、何かあった時のためにお互いの位置が分かるようにこの腕輪を付けることにしたのだ。一度付ければ決して外れることのない、私達二人だけの特別な腕輪。腕輪を指でするりと撫で、レンと夫婦になった幸せを噛み締める。

「メルティアナ」

レンに呼ばれて、腕輪を見つめていた目を上に向けた。私の頬にレンの手が添えられ、近付くレンの瞳を見つめる。今にも唇が触れ合いそうな距離でレンは「愛してる」と囁《ささや》くと、優しく口付けた。少し冷たい彼の唇と触れ合いながら、心が温かく満たされる。

式は滞《とどこお》りなく進み、色とりどりの花弁が降り注ぐ中、私達は教会を後にした。

レンと二人で馬車に乗り込み、向かい合って座る。ドレスがこんなに広がらなければ隣に座りたかったけれど、こればかりは仕方ない。邸《やしき》へと向かう道中、胸がいっぱいで何度も腕輪に触れる私を、レンは嬉しそうに見つめていた。

「本当に綺麗だ。教会の扉が開いた瞬間、美し過ぎて目が眩《くら》みそうになったよ」

そう言いながら、レンは私の両手を掬《すく》って指先に口付けを落とす。レンの態度が日々甘くなっており、ドキドキが止まらない。

「はぁ……可愛い。どうしたものか」

「レン……？」

俯《うつむ》いたレンは私の手を自分の額《ひたい》に当てて、何やら悩ましげにしている。

やがて少し顔を上げ、チラリと上目遣いで私を見つめる。

「早く二人きりになりたい。でも、この後ガーデンパーティーがあるから、メルティアナを堪能する時間がない」

「なっ、何をっ」

堪能って……レンったら、こんな日の高いうちから何をっ。

「そんな頬を染めて恥ずかしそうに……。あんまり可愛い顔をしていると、夜まで待てない」

レンは熱っぽく言いながら、私の手に何度も口付けを落とす。求められるのは嬉しい。でも、慣れていないから、レンのあまりにも甘い言葉にどうしたらいいのか分からず、あたふたしてしまう。

そんな私を、レンが楽しそうに眺めていると、従者が邸《やしき》に到着したと告げた。ホッとして馬車を降りようとしたら、突然レンに横に抱き上げられた。そのまま彼は馬車を降り、邸《やしき》の中へ入っていく。

「えっ、レン、歩けるわ」

「このドレス、歩きにくいし、階段を上るのは大変だろう？　部屋まで連れて行くから、ちゃんと掴《つか》まっていて」

確かにいつものドレスとは違って裾がかなり広がっているから、歩きにくいけれど……。使用人達の微笑ましげな視線が恥ずかしい。

私はレンの首に腕を回し肩に顔をうずめて、恥ずかしさを誤魔化す。すると、レンは私の頭にチュッと口付けて階段を上っていった。そして部屋のソファーに私を下ろすと、すぐに自分の部屋へと向かう。ガーデンパーティーの前に、二人とも着替えが必要だからだ。

私のドレスは、レンの瞳の色に合わせて落ち着いた赤いドレスになっている。後から聞いた話だが、このドレスの色はレンが指定したらしい。レンの色に染まって、みんなの前に出るのは少し恥ずかしいけれど、彼の独占欲を感じることが出来て嬉しくもある。

教会からみんなも邸《やしき》へ移動し、パーティーの準備も整い、後は私の準備だけとなった。ドレスやアクセサリーを変えるだけなのだけれど、化粧や髪形を新しいドレスに合わせるため、一からやり直ししているのだ。

あまり待たせるのは悪いと思ったものの、お父様とお兄様からゆっくり準備していいと言われたので、お言葉に甘えることにする。パーティーも身内だけで行うので、楽な気持ちでいられる。レンにとっては、私の親族と顔を合わせる場なので、居心地があまり良くないかもしれないけれど、私がずっと側にいるつもりだ。

準備が整い、レンのエスコートで庭園へ向かうと、拍手で迎えられた。「結婚おめでとうございます」と使用人達から声を掛けられ、小さく手を振りながら「ありがとう」と答える。

ガーデンパーティーでは、使用人達にも楽しんでもらいたかったため、貴族用のテーブル席と使用人用の立食形式の席を設《もう》けた。貴族席と使用人席は中央の噴水を境に左右に分かれているので、お互いを気にし過ぎず楽しめるだろう。

まずは、親族席に挨拶《あいさつ》へ向かう。親族と言っても、父方の叔父家族と母方の祖父母が来ているだけで人数は多くはない。

「本日は遠いところ、私達のためにお越しいただき、ありがとうございます」

私が挨拶《あいさつ》をすると、叔母様が立ち上がり私の手を握った。

「そんな堅苦しい挨拶《あいさつ》はやめてちょうだい。今日は本当に素敵なお式だったわ。あなたより美しい花嫁はどこを探してもいないわね」

「もう、叔母様ったら。ありがとうございます」

「初めてお会いするけれど、こちらが新郎ね」

叔母様は扇子《せんす》を開き口元を隠すと、目を細めてレンを品定めするように見つめた。あらかじめ、レンの素性は話してあるとはいえ、やはり少し緊張してしまう。私がきちんとレンを紹介しなければ。

「私の夫となったレンです。レン、こちらはマチルダ叔母様よ。小さい頃から可愛がっていただいているの」

レンには親族についての情報を伝えてあるので、名前を聞くだけでお父様の弟の奥様だということが分かるはず。

「お初にお目に掛かります。レンと申します。お会い出来て光栄です。本日は式にご出席いただき、ありがとうございました」

胸に手を当て、優雅に礼をとるレンに感心しながら、横目で叔母様の様子を窺《うかが》う。叔母様は口元に当てた扇子《せんす》をパチリと閉じて、笑顔を向けた。

「丁寧にご挨拶《あいさつ》ありがとう。平民と聞いていたから心配だったけれど、マナーも問題ないみたいね。何より二人並んだ姿がとてもお似合いよ。可愛い姪っ子なの。必ず大事にすると私達にも誓ってちょうだい」

叔母様の言葉に、周りで様子を見ていた叔父様達も深く頷く。その光景に、胸が熱くなった。

「叔母様……みんな……」

レンは隣にいる私の肩を抱き寄せて優しく微笑むと、叔母様達の方に向き直る。

「この命に代えても、彼女を大事にし、守ると誓います」

レンの誓いに、叔母様の瞳に涙の膜が張る。涙が零れ落ちないように、目元にハンカチを当てると、「しっかりと誓いを聞いたわ。二人とも幸せにね」と満面の笑みを向けた。

親族席で食事をしながら雑談した後、今度は使用人達のもとへ向かう。噴水の反対側でも食事を楽しんでくれているようで、ホッとした。

私とレンが来たことに気付いた使用人達に、一斉に取り囲まれる。

「メルティアナ様、ご結婚おめでとうございます」

「まさかお嬢様のお式に出席出来るなんて、思ってもみませんでした。一生の思い出です」

使用人達から一斉に祝いの言葉を掛けられ、レンは照れながらも「ありがとう」と答えていた。

同僚から祝ってもらえたら嬉しいに決まっているわよね。

「来てくれてありがとう。我が家で働く使用人達は、みんな私にとって家族みたいなものよ。私の方こそ、みんなに見守られて式を挙げることが出来て嬉しかったわ」

「お嬢様……」

あちこちで鼻を啜《すす》る音が聞こえてくる。みんな、涙脆《もろ》いのね……私も人のことを言えないけれど。

「そうだわ、日頃の感謝を込めて、ハンドクリームを作ってみたの。良かったら受け取ってくれるかしら？」

彼らは仕事柄手が荒れやすいので、是非この保湿効果の高いハンドクリームを試してほしい。女性には瓶がコロンと可愛い丸いタイプを、男性にはスタイリッシュな四角いタイプを渡す。

「すでに私達は、喉飴やパウンドケーキなどいただいております。それなのに、さらにハンドクリームまで……何とお礼を申し上げていいのか」

年嵩のメイドの言葉に、周りの使用人達も大きく頷き同意を示す。そして、それぞれ手に持った瓶を開けて香りを楽しんでいた。気に入ってくれたみたいで良かったわ。

「そんなに恐縮しないでいいのよ。遠慮なく使ってもらえると、私も準備した甲斐があるわ」

「お嬢様……ありがとうございます。私達、お嬢様にお仕え出来て幸せでした。これからも、ここでお嬢様の幸せを願っております」

すると、周囲にいた使用人達が一斉に膝をついた。こんなに慕ってもらえて、本当に私は幸せ者だわ。

「みんな、ありがとう。これからはレンと二人で新しく家族を作っていくわね。さぁ、立ち上がって、食事を楽しんでちょうだい」

こうしてみんなに祝福され、ガーデンパーティーは幕を閉じた。パーティーの後は、ドレスからワンピースに着替えて、レンと一緒に叔母様達からいただいた結婚祝いを確認する。

私にはもうドレスは必要ないと言っていたからか、商家のお嬢様風のワンピースや靴などの小物をこれでもかというほど贈られた。それでも、「ドレス一着分にもならないわ」と叔母様は不満そうだったけれど。

「メル、いらっしゃい」

まだ残っていた叔母様に私だけ呼ばれて人気《ひとけ》のないところに行くと、両手に抱えるほどの大きさのプレゼントボックスを渡された。これだけ別に分けてあるということは、何か特別なプレゼントなのかしら。不思議に思っていると、叔母様が耳打ちする。

「これは初夜用の寝衣よ。今夜はこれを着なさい」

「えっ!?　しょ……!?」

予想外のプレゼントに驚き、大きな声が出そうになったものの、急いで口に両手を当てて言葉を呑み込む。きっと、私の顔は今真っ赤になっているに違いない。周りに気付かれないようにみんなに背を向けて、顔を隠す。

「夫に身を任せていれば大丈夫よ。あまり身構えないようにね」

「は、はい。……頑張りますわ」

今夜が初夜ということは分かっていたものの、それ用の寝衣を渡されたことで、恥ずかしさと緊張が一気に込み上げる。もちろん、レンとちゃんと夫婦になれることは嬉しいけれど、少し怖さがあるのは事実だ。

それからは今夜のことで頭がいっぱいになり、どのように過ごしていたのか覚えていない。気付いた時には、新しい森の家でレンとソファーで寛《くつろ》いでいた。

「――メルティアナ？」

私のいつもと違う様子に、レンが心配そうに顔を覗《のぞ》き込み、指で頰をひと撫でする。

「あ、ごめんなさい。ちょっと考え事をしていて……」

「叔母様からのプレゼントをもらった後から様子が変だったけれど、それが原因かい？」

レン……気付いていたのね。こうなったら、彼にも叔母様からもらったプレゼントを見せてみよう。

「あの、驚かないでほしいのだけれど、叔母様が今夜着るようにと……」

そう言いながら、私はゆっくりと箱を開ける。綺麗に畳まれて入れてあるため、パッと見た感じでは白い寝衣程度にしか思わない。

「寝衣をもらったのか？」

「その……持ち上げてみてくれるかしら？」

言われた通りに箱から寝衣を取り出したレンは、全体像が分かった途端に固まった。私も驚いたもの。レンも衝撃的よね。

「レン……？」

私が声を掛けると、レンはハッとして静かに寝衣を箱の中に戻し、下を向いて口を手で覆った。顔がよく見えないけれど、真っ赤に染まった耳を見て、恥ずかしがっているのだと気付く。

「叔母様が言うには、初夜用の寝衣なのですって。こんなに丈が短くて透けているものなんて初めてで、私も動揺してしまったの。今夜のことを考えて……その、少し怖くなってしまって……。あっ、もちろん嫌というわけではないのよ。ただ、初めてのことだから……」

私が素直に自分の気持ちを口にすると、レンはパッと顔を上げ、私の両手を握った。まだ赤いまだが真面目な顔で私を見つめる。

「メルティアナが心配する気持ちも怖いと思う気持ちも分かる。どうしても女性の方に体の負担が掛かることになるから……。実践は初めてだけど、これでもかというほど本で学んだから、安心してほしい。出来るだけ痛くないようにする」

「……私のためにありがとう」

真顔でそんなことを言うレンに、嬉しいやら恥ずかしいやら様々な感情が溢れ出てくるけれど、全てが愛おしく感じる。

この後、寝支度をして先に寝室で待つレンのもとに、例の寝衣を着て向かった。レンは私を見て、「ちょっと待って」と背を向けて深呼吸をする。大丈夫かしらと思っていると、レンはすごい勢いでこちらに歩いてきて、横抱きにした私をゆっくりとベッドに下ろす。

「愛している。もう離してあげられない」

そう囁《ささや》くと、レンは私に口付けを落とした。

それから私達は甘い時間を過ごし、翌日は日が高くなる頃になってようやくベッドから出ることが出来たのだった。


私達の結婚生活は、平凡ながらも幸せだった。初夜で長男を授かり、その後は次男が生まれ、末っ子は女の子という、三人の子宝に恵まれた。

独身を貫いたお兄様の希望と長男の意志を尊重して、長男が十歳の時にお兄様の養子として迎え入れられた。次期当主として跡を継がせるための教育を受けている。長男もお兄様によく懐いていたので、お兄様のもとで過ごすことは、あの子にとって価値のあるものになるだろう。

十歳で親離れとは少し寂しくもあるけれど、邸《やしき》には今までも頻繁に顔を出していたので、長男とは顔を合わせることが多い。だから、そこまでの寂しさは感じていない。

末っ子はリコリスがお気に入りで、私も欲しい！　とよく駄々を捏ねている。リコリスはあげられないので、近々アランさんにお願いして、リコリスのお友達を作ってもらう予定だ。

ふと、私は雲一つない澄み切った青空を見上げる。私が小さい頃に病《やまい》で亡くなってしまったお母様にも、この子達を見せたかった。お母様と過ごした時間は短かったけれど、それでもお母様の顔を忘れずに済んだのは、お父様が邸《やしき》のあちこちに家族の肖像画を飾っていたからだ。

「お母様。空の上から見ていますか？　私は今、とても幸せです。唯一の心残りは、お母様に子供達を抱いてもらうことが出来なかったくらいで……」

感傷に浸り、涙が滲《にじ》みそうになったところで、レンが私を呼ぶ声が聞こえた。

「メルティアナ。焼き菓子を作ってみたのだけど、味見してくれないか」

「えぇ、もちろん。今行くわね」

素敵な旦那様と子供達、そして、私の心を癒してくれるリコリスや森の動物達。平凡だけど、何物にも代えがたい生活。

「レン。私と結婚してくれて、ありがとう」

私の言葉に、扉に手を掛けていたレンは驚いたように振り返る。

「急にどうした？　それを言うのは私の方だよ。私と結婚してくれて、子供達を産んでくれてありがとう。愛しているよ」

私と想いが通じ合ってよく笑うようになったレンを見て、愛しさが込み上げる。そして彼の後ろで走り回る子供達を見つめて、怖いくらい幸せだと実感する。

ここに来る前の私は、親しい人達の裏切りや令嬢達からのやっかみに心が疲弊していた。少しでも心が休まればと逃げるように森に来たけれど、そこで待っていたのは予想外に楽しくて充実した日々だった。薬師《くすし》として仕事をこなし、たくさんの友達が出来て、夫に子供達まで……

これからも、今ある幸せを何よりも大事に守っていきたい。改めてそう心に誓うと、私はレンに最高の笑顔を向けて答えた。

「私も愛しているわ」

この作品に対する皆様のご意見・ご感想をお待ちしております。

おハガキ・お手紙は以下の宛先にお送りください。

【宛先】

〒150-6019 東京都渋谷区恵比寿 4-20-3 恵比寿ガーデンプレイスタワー 19F
（株）アルファポリス　書籍感想係

メールフォームでのご意見・ご感想は右のＱＲコードから、
あるいは以下のワードで検索をかけてください。

アルファポリス　書籍の感想　検索

ご感想はこちらから

本書は、「アルファポリス」（https://www.alphapolis.co.jp/）に掲載されていたものを、
改題、改稿、加筆のうえ、書籍化したものです。

簡単《かんたん》に聖女《せいじょ》に魅了《みりょう》されるような男《おとこ》は、捨《す》てて差《さ》し上《あ》げます。2

～植物《しょくぶつ》魔法《まほう》でスローライフを満喫《まんきつ》する～

Ria（りあ）

2025年 5月 5日初版発行

編集－羽藤 瞳・大木 瞳
編集長－倉持真理
発行者－梶本雄介
発行所－株式会社アルファポリス
〒150-6019 東京都渋谷区恵比寿4-20-3 恵比寿ガーデンプレイスタワー19F
TEL 03-6277-1601（営業） 03-6277-1602（編集）
URL https://www.alphapolis.co.jp/
発売元－株式会社星雲社（共同出版社・流通責任出版社）
〒112-0005 東京都文京区水道1-3-30
TEL 03-3868-3275
装丁・本文イラスト－祀花よう子
装丁デザイン－AFTERGLOW
（レーベルフォーマットデザイン－ansyyqdesign）
印刷－中央精版印刷株式会社

価格はカバーに表示されてあります。

落丁乱丁の場合はアルファポリスまでご連絡ください。

送料は小社負担でお取り替えします。


ISBN978-4-434-35672-8 C0093